追はるるごとく

江頭静枝 著

インパクト出版会

追はるるごとく

目次

大連神明高等女学校

プロローグ

私が物心ついたときは撫順の駅前の社宅に住んでいた。六歳のとき、柳条溝の爆破の「満洲事変」、十二歳小学校の六年生で「盧溝橋」での支那事変、女学校の四年生で「太平洋戦争」。実に戦争のまっただ中を大きくなった。女学校は大連に公私七校あったが神明高女は大正三年六月創立の官立女学校。一般には「満洲の女子学習院」といわれ、超ブルジョア、超エリートと自他共に誇っていた。進学校だったから卒業後は、女高師、女子大、津田、等に進み高女だけで社会に出る人はいなかった。それが私の四年生の冬大きな戦争が始まったばかりに、うちの父母は、日本内地へも、満洲の新京にも私を出さないと強引に言い出した。新京の「師導大学」への学校から一人だけの推薦入学も猛反対した。私は腹立ちまぎれに、その頃はみんなが嫌った職業婦人になって親を困らせようと、満鉄の鉄道技術研究所が、徒歩十分位の所にあったので、親の反対を押し切って就職した。中央試験所と同様、満設の鉄道に関するあらゆる事の研究をする所で大学卒業の人が多かった。其所で私は一人の男性と出逢った。高久《たかく》一郎（一般車輌研究室）、奉天の技術員養成所出身の体格の良い運動は万能選手という青年だった。同じ養成所出身の江頭正登（機関車研究室）と、本社に近い南山寮の同じ部屋に住んで、親友だといつも二人は仲良しだった。

一年ばかりのち、年齢が江頭さんより一歳年上だった高久さんは、入営して、新京から赤峰、豊橋の予備士官学校と転々とし、軍曹までえらくなってしまった。研究室の頃から子供っぽかった私はいろいろと教えられたり、助けられたり好意を示してもらっていたが、ラブラブのつきあいはなかった。士官学校の頃、面会に行った彼の父親から私の父母に「息子の願いをかなえてやって下さい」とプロポーズの手紙が来て彼の意志を知ったわけで、中野学校に入る前十五日間の休暇があったけど、未亡人を作るだけの結婚はしないと言ったそうで、九月二十三日の祝日に浜松で一日面会し浜松駅で握手をしたのを最後に、彼は負け戦のどまん中に征ってしまった。中野学校では、小野田元少尉と同級生で、共に「諜報」「ゲリラ」を学び昭和十九年の十二月、二十名の戦友とフィリピンに征った。小野田さんとは、ルバング、ミンドロに渡る舟つき場で別れたそうだ。

敗戦

一、玉音放送

「何の放送だと思う?」

「きっと総攻撃か何かよネ。みんな死ぬまで戦うようにって言うんじゃないの?」

私と喜代ちゃんはこう話しながら出勤した。朝のラジオで、正午に重大放送があると報じられていたからだった。何かあるとは思ったが、不思議と心は動揺しなかった。この数日間に、加藤主任始め若い人は全員招集されて、研究室は白髪の老人篠原さんと、五尺に足りないカンちゃんと私の三人だけになっていた。

二階の車輌構造研究室も他の研究室も同様に老人と婦人社員ばかり。

「いよいよ最後の時が来た」という感じを誰しも抱いていた。

十二時、私はカンちゃんをうながして二階の車輌のラジオを聞いた。

「耐えがたきを耐え、しのびがたきを忍び……」

大阪毎日新聞
臨時夕刊
國體護持民族康寧の聖斷下る
ポツダム宣言受諾己むなきを御宣示
首相一般政務奏上
詔書
御名御璽
萬世の爲太平を開く
皇恩無邊恐懼の極み
忍苦の前途踏越え
誓って國威を恢弘
阿南陸相自刄す

初めて聞く天皇陛下の玉音放送、ブクブクと水の中で話す様な雑音に、その声も聞きとりにくかったが、私たちはようやく無条件降伏の事実を理解した。みんな声を出しすすり上げて泣いた。一億総攻撃、一億玉砕を覚悟した私たちに、あまりにも意外な断だった。どの顔もどの顔も涙でくしゃくしゃ、みんな言葉にならない涙が頬を流れた。誰も全く予期しなかっただけに衝撃も大きかった。

しかし私は自分の心の片すみに、「これでよかった」とほっとした気持ちがひそんでいる事に気がついた。

「これから先どうなるんだろう」という不安は多分にあったが、「これで助かった。一郎さんが帰って来る」とちょっぴりうれしかったのも事実だった。

「非国民」と非難されるかも知れない。自分勝手なと、ののしられるかもわからない。しかし私も一人の人間、恋知り始めた二十歳の乙女にすぎなかった。戦争の終わった事は嬉しかった。

「男はみんな奴隷、女はなぐさみものにされてしまうんだ」という声を聞きはしていたが。

その日の午後、青年隊の指導員をしていた山田冬生さんは、女子青年隊全員に小さなカプセルに入った粉を渡して、

「日本女性として、はずかしめを受ける様な事があったときには、これを飲むように」

と言った。「青酸加里」だそうだ。私は一瞬ゾーッとした。今まで敗戦の事を考えてもいない私た

ちの頭では考えられないような事態が待ち伏せしている様な不安が背すじを走った。

「これを飲むと、まだ茶碗から手がはなれないうちに、ころりと死ぬから、心配ないよ」と付け加える山田さんの言葉をかみしめながら、私はそれを首からさげているお守り袋の中にしまった。午後からその日は何をどう片付けていいのか見当もつかないうちに終業五時のベルとなってしまった。

庶務のポンちゃんの所に寄った私が玄関正面の階段をおどり場まで下りたとき、「どん」と誰かにぶつかった。次の瞬間、私はその人にしっかりと抱きつかれている事に気がついた。

「俺と一緒に死んでくれ、死んでくれ」

彼は大声でそう叫び、その声はものすごくアルコール臭かった。そして彼の右手にジャックナイフが握られているのが見えた。

機関車研究室の布施久直さんだった。彼は江頭さんの後輩だったが、強度の近視の為に兵役はまぬがれたようだった。私は彼とは一度も話をした事もなかった。

「助けて、助けて」

私は彼の腕の中から抜け出そうと、もだえながら叫んだ。ちょうど玄関に立っていた守衛の牧野さんが駆け上がって来て彼の手のナイフを叩き落としてくれた。

「取り乱したらいかん」

牧野さんの一喝にようやく私は布施さんの腕からのがれる事が出来て、いそいで守衛室に逃げ込んだ。

「こわかった」

布施さんがいきなりブスッとやらなかったからよかったと思いながらも、日本人の男性までが恐ろしくなった。彼は日頃内気なおとなしい人だったが、玉音放送後、潤滑の試験室でエチルアルコールをやけに呷《あお》ったらしかった。

「これから先、どうなるんだろう」という不安に、どうにもしようのないいら立たしさ、生きて降伏の辱《はずかし》めをうけるより、いっそ……と思う愛国心の名残りの様なものも交錯して、前後の見さかいもなく取り乱した彼を、私はうらむ気にもなれなかった。

二、ソ連兵

八月二十一日、ソ連兵が大連にも進駐してきた。不気味な音をたてて走るトラックが、何台も、何台も沙河口神社の前の道を南に通り抜けた。髪の毛が赤茶色のうす汚れたソ連兵が一杯のっていた。ソ連の囚人部隊だと噂《うわさ》

1943年正月　18歳

されていた。私たちは沙河口病院のへいのかげからそっと彼らを見送った。

そして次の日から女子社員の出勤一時停止の命令が出た。

ラジオも新聞も次の日からばったり止まって日本人の敗戦生活が始まった。

シベリヤ送りだった囚人部隊のソ連兵は、至る所に無知蒙昧ぶりのエピソードを残した。彼等がまず最初に求めたのがマダーム（女）、そして時計と万年筆。時計は腕時計、懐中時計、目覚まし時計、両の腕にそうしたものを並べまきつけているうちに目覚まし時計が鳴り出して、驚いた兵士が悲鳴をあげて時計を投げ出して走った姿が、有名な笑い話になって大連の街を駆け抜けた。日本人の家庭はそうした招かざる客の訪問を度々うけるようになった。その手引きはほとんど中国人がしているようである。私の家も道路のむこう

鼓笛隊の行進。大連運動場にて。私は笛で２年生だった。

は果てしなく続く中国人街だったので、ソ連兵の訪問には、いつもビクビクしていた。

「入られたらおしまいだ」と、社宅の人々は戦々恐々とした。

「マダーム、マダーム」

彼等は床下まで女を探すと言われていた。

「ソ連兵が来たァ」

四番地一号の加藤さんから連絡があった。私と妹は二階の渡辺さんの家の天井裏にかくれた。渡辺さんの新妻栄子さんも一緒だった。

「動いたらいかん。ミシミシ音がするぞ」

栄子さんのご主人の久雄さんが押入から天井にどなっているが、細い梁《はり》にしがみつく様にしている私たちは、自分の体重でお尻に食い込む細い木の痛みに、すぐ位置を変えたくてじっとしていられない。しかし幸せなことにソ連兵には見つからず、靴のまま上がり込んだソ連兵は置時計一つを持って引き上げて行った。

その日の体験から、

「天井はミシミシいうから危ない」

と父が床下に穴を掘ってくれた。その穴には押入の板をはぐって出入りして、その上にガラクタの空き箱を置き一見わからない様にしてあった。それ迄毎晩ソ連兵の夜襲に備えて二階に泊まりに行っていた私たちもようやく自分の家で寝られる様になった。しかしカビ臭い床下の穴に何度もぐらされた事か。私はじっと息を殺して戦に破れた国のみじめさを噛みしめていた。

「戦争の続いているほうがまだよかった」、時としてこう考える時もあった。中国人たちは昼間娘の居りそうな所を探しておいて、夜ソ連兵を連れて来ると言われていて昼間も洗濯物干しにも出られなかった。もちろん娘の衣類も干すことさえ出来なかった。紫苑《しおん》のどす黒いみどりの葉が暑苦しそうに重なり、かぼちゃの大きな葉がぐにゃりとたれている小さな畑を私は窓から眺めてわずかの涼をとった。まだまだ陽の光が目に痛い残暑が続いていた。

社宅には二つの共同浴場があったが、それも閉まったまま真夏の汗を洗う場所もなくなった。我が家では父がどこかから風呂桶をもらって来て倉庫の中に据えて仮設風呂場を作ってくれた。せまいながらも楽しい風呂場だった。燃やす薪もたくさんどこかから用意してくれて私はその湯につかりながら、いろいろ将来のこと、明日からのことを思いめぐらした。

夜になると重苦しい様な不気味さが迫った。時々銃声に短い夏の夜のねむりを破られた。ソ連兵の馬鹿力で、玄関のドアの鍵をかけていても、蹴破られる家が続出した。

「娘がいるから、入られたらしまいだ」と父はドアの内側にブリキ板をはり、それまで防空壕に使用していた枕木を掘り出して積み上げ、玄関を完全に封鎖してしまった。

毎日、家から一歩も外に出ず、床下の穴にもぐったり出たりの不安な日々が続いた。

そして巷には、あの娘もこの人も、とソ連兵のトラックで連れ去られ、二、三日して無残な姿で放り出されたという噂が流れる様になった。私たちの霞町の社宅でも、数名の犠牲者があった。男装したらよいと髪を切って丸坊主になって顔に鍋墨を塗る人も出て来た。

しかし私は絶対に髪だけは切るまいと思っていた。

「夏か秋には迎えに行く」と去年の秋、浜松の面会所で言った彼の言葉をまだ信じていたかった。「戦争に負けてしまったんだ」と思いながらも、中国大陸に渡ったかもしれない彼がひょっこり来るんじゃないかと、私は待っていた。彼を迎えるまで、私は昔のままでいたかった。毎日床下の穴の中に、にげかくれしていても、坊主にだけはなりたくなかった。歩くこともない、陽にも当たらない、深く眠る事もない、こうした私は自分の足が身体が、だんだん衰えてゆくのが目立って感じられた。しかしたとえこのまま動けなくなって死に至るとも、私は彼を待つことのみがただ一つの希望とひそやかに生きていた。

そんなある日、岩橋文ちゃんが遊びに来た。断髪をして男装をしていたが、胸のふくらみと腰の丸みが何となく不自然で男には見えなかった。

「いつまで家の中に引っ込んでいるの？　町もずい分変わったワョ。ヤミ市には何でも売ってるのよ、行ってみない？」

彼女はこう言った。紅バラの君である。

「あんた、ソ連兵怖くないの？」

「男の格好してたら、マダームじゃないワョ、大丈夫‼」

私は彼女の勇気をつくづく見直す気になった。だがやっぱり私にはまねの出来ない事だった。負けた‼

三、逃亡兵

父が出勤して間もなく、締め切ってしまった玄関を大きくノックする音がした。

「また、ソ連兵？」

私と妹は例により穴にもぐって息をのんだ。足音が裏口に廻った様だった。今度は裏口を激しく叩く。しばらくして母の声、

「しいちゃん、出ておいで。半田さんよォ」

私はのこのこ穴から這い上がった。

炊事場の土間にうす汚れた軍服におおきなリュックを背負った半田さんがボーッと立っていた。

半田さんは終戦の一月程前に、私の家で壮行会をして入営した、鉄道技術研究所の分析研究室の人だった。彼の入営の頃は適当な壮行会の場所がなく、

研究室の前で（終戦の頃）

「大崎さんの家をかしてくれないか？　そしてついでに君たちの手でごちそうも作ってくれよ」と指導員の山田冬生さんにたのまれて、気軽に請負った。そしてポンちゃんと妙ちゃんを動員して、数える程に人数のへった錬成隊員と共に彼の壮途を祝してやったのだった。

私と研究室が離れていたので、彼とはその時が初対面だった。彼は奉天の部隊に入営した。そしてたった一ヵ月足らずで武装解除となったのだった。古年兵は全員シベリア送りとなったが、新兵だけは逃げろという隊長の命令で彼は奉天から歩いて来たそうだ。昼間は見つからない様に高粱畑《こうりゃん》にかくれて、夜ばかり歩いたとか、約五〇〇キロ、見るかげもない程やつれていた。

「よく生きて帰ったワネ」

私は彼をいたわる言葉がとっさに出なかった。彼は制動研究室の安藤さんの所に落ち着きたいと、対山寮をたしかめると元気をふりしぼるように帰って行った。

「一郎さんがああやって帰って来たら本当にいいのにネ」

母がぽつんと言って涙をぽたぽたと落とした。私は何かしら錯覚を起こした様に呆然と彼の後姿を窓から見送ると、その後に迫る言いようのない淋しさをどうする事も出来なかった。

ミーちゃんと結婚した大石曹長も飛行機で周水師経由で帰って来た。ミーちゃんは九月が出産の予定で終戦前に仲町の実家に帰って来ていたので、「ミーちゃんはいいなァ」私は羨ましくてたまらなかった。大石さんの話では関東軍の中でも航空機を持っている部隊はその航空機のピストン輸送で、家族も将校もみんな日本の本土まで帰ったとの事だった。「いいなァ」「コトリ」という小さな音にも私は「はっ」として彼を待った。しかしそれは空しかった。「フィリピンからじゃあネ、それに彼は逃げたりするような人じゃない」と彼の面会の日の気魄《きはく》を思い出して、彼を待つ事を淋しくあきらめるようになった。

四、依願退職

「どうしても働かなきゃならない人の他は、この際退職してほしいのですが……」

加藤主任が気の毒そうに言いに来てくれたのは終戦の年の秋も深まり、きびしい冬の足音がじりじりと私たちに迫ろうとしている頃だった。ソ連軍進駐以来、出勤停止の命令が出てから三か月、女子社員に対する会社側のやむをえない措置だった。退職金の支給もなく、それでも私の家では反対する者はなかった。むしろ父も母もよろこんでくれた。私も毎日ソ連兵を恐れて穴に逃げ込む生活の中だけに職場に戻る勇気はさらさらなかった。

が、何かしら後ろ髪をひかれる想いは禁じ得なかった。大学にやってくれない意地から、無理やり飛び込んだ職場だったが、三年働いて三千円ためて大和ホテルで披露宴をする、夢と心の支えとなる人との思い出は私の胸をさすような痛みとなった。

「こんな悲しい辞め方をしたくなかった」

これが私の心からの叫びだった。

「男の人を、二、三人迎えにやりますから」

加藤主任は思い出多い研究室での私の送別会を計画してくれた。

ソ連兵のマダム狩りも商売的な常連女が出て来た事でようやく下火になっていたが、私は、安藤寛、伊東和正、菅原昭二の三人に護衛されて久々に研究所の門をくぐった。一家を支える妙ちゃんと単身就職のポンちゃんたちは、職場に復帰して元の研究室で働いていた。しかしソ連と中国人と二人の所長が居るという研究所は、守衛もソ連兵で気味が悪かった。

「時々廻ってくるソ連兵が、お尻をなでてゆくのよ」

と言うポンちゃんに、それまで羨ましいと思ってたものがすーっと消えて行った。

「冗談じゃないよ。いやらしい」

鉄研には多分の未練があったが、それは戦時中の「ほしがりません、勝つまでは……」の思い出の中のものだったという事にも気がついた。

しかしどこもここも懐かしい手のあと、足

ポンちゃんと（終戦の頃）

のあとが染み込んでいるような気がした。

灰色だったとはいえ私の青春の生まれた所、そして育った所、私は本館の屋上から、赤煉瓦の車輌研究室の四号棟をしみじみ眺めて涙した。

「さよなら」。

心の中でそう叫んでいた。

屋上も三人にとっては思い出深い所だった。

古狸と言われる様になってから三人はよくこの屋上に集まった。そして若い子たちの喜々としてたわむれる姿を見下ろしながら、遠く征った人々の限りない夢を語り合ったものだった。海の彼方空のむこうに、大きな希望、勝利の夢をかけて、戦っている彼らを想い語りあった頃は楽しかった。

「勝ち目のない戦」などとは夢にも思わなかった。敗戦なんて考えてもいなかった。私はこのままずーっと大空に消えてしまいたいと思った。

しかしポンちゃんはこう言った。

「わたしネ、今までの事全部水に流して新しく生き直そうと思

屋上にて。右から私、妙ちゃん、林さん

うの」

私にはその意味が分からなかった。

「それ何のこと」

彼女に聞き返した。

「江頭さんのことよ。広島のピカドンで死んじゃったかも知れないでしょう。いつまでもそんな事にこだわってメソメソするのはやめて新しく恋人みつけて、これからの生活を楽しくするのよ。戦争は終わったんだもの」

平然と言う彼女を私はしげしげとながめた。

「そう」

私は彼女の言葉をとても淋しく聞いた。頭のきり換えが出来ない私が間違っているのかも知れない。何時までも還るあてもない人を待つなんて、戦に破れた現実にマッチしないのかも知れない。

「でも何と悲しい言葉だろう」

昭和二十年十月三十日、依頼退職と記された私の履歴カードの赤い字と共にポンちゃんの言った言葉が私の心に悲しく残った。

「わたしは古い女」。鏡に向かって話しかける自分が限りなくいとおしかった。

五、編　棒

「俺たち、対山寮を追い出されるんだ」

とカンが困ったように言ったのは、私の送別会を研究室で開いてくれた帰り途だった。

「で、どうするの？」

「行くところなんかあるもんか。ソ連兵の奴勝手なことばかりしやがって」

大連の冬がその辺まで来ていた。対山寮は、星ヶ浦の満鉄の理事連中の大きな社宅をソ連兵に接収されたので、その家族を収容するため、独身者の部屋をあけさせるのだと後から聞いた。敗戦後の大連は、満州の奥地から逃げてきた難民があふれて、小学校や女学校はそれらの人々で一杯だった。時々哀れな姿で寒そうに社宅に物乞いに来る女の人もいた。

「かわいそうにネェ」

母はその度に布団など、どうせ持って帰れない大きな物をあげていた。

「じゃあ、わたしの家においでよ」

研究室の人たち

と私は思わず言ってしまった。

「こりゃまたは母に叱られるぞ」と思ったが、遠く北海道から来ている二十歳になったばかりの少年をだまって放り出しておけなかった。

「本当？　ほんとにいいの？　半田も一緒だよ」

カンは子供の様によろこんだ。

こうして安藤寛と逃亡兵の半田さんが私の家に同居する事になった。父母は全く反対しなかった。家族数の少ない家には強請同居で二家族住むのは当然の時代だったから。

「赤ん坊や小さな子のいる人より独身者の方がよかった」

と男手のふえた事をむしろ喜ぶ様子に私もホッとした。

二人の青年が増えてから私も忙しくなった。彼らは同居人というより家族の一員に等しかった。すべての主婦の仕事が私に廻って来た。母はそれまでの病弱に加えて敗戦の混乱にすっかり参って一日中ソファでゴロゴロしているばかり。父と彼ら三人を朝送り出すと、夕方冷え切った体で戻るまで、私は主婦しなければならない。自分で求めた道ではないが、もうお嬢さまだの、箱入娘だの言ってをられない。

「これが一郎さんだったらねェ」

と母はグチって泣いてばかりいた。私もそれを想わないではなかった。

「いってらっしゃい」

と送り出す二人の後ろ姿に、また夕食後研究室の話に笑い声を立てている団らんのとき、「これが一郎さんとの生活だったらナァ」私はふと涙ぐむ時があった。しかし私は母に、

「そんな事言ってたって仕方がないじゃないの」

と強がりを言って自分をもなぐさめていた。

工場も研究所も毎日お弁当を持って出かけはするが、給料は、遅配、欠配でたまにコウリャンなどの現物支給があればいい方だったから、大人ばかり六人の生活で貯えてあった食糧もお金もたちまち使い果たしてしまった。ただ、毎日、「どうしよう、どうしよう」と泣くばかりの母に代わって私は家計のやりくりも引きうけるようになった。私は内職に編み物を始めた。

私が十二歳まで育てられた伯母は、私の幼い頃から手編みを大勢のお弟子さんに教えていた。そのため私も四歳になった頃から編み棒を持たされた。「女は何か一つ技術を身につけておかなくちゃあネ」というのが伯母の信念で、私は遊びたい盛りにもよく伯母のひざ許に坐らされて編む事を教えられた。小学校三年生で初めて自分のセーターを編み上げた。伯母は少しでも間違うと何日もかかって編んだものを容赦なくビリビリほどいてしまった。涙をこすった手に編み棒がきしんで動かない事も度々だった。

「わたしのこの手を静枝に残してやらなければね」

と伯母は口ぐせのように言っていたが、おかげで伯母が亡くなる頃には、私は編み物なら人に負けないと自信が持てるようになった。

「しいちゃんも今にわたしに感謝する時が来るよ」

私が泣き泣き編み直している耳もとで伯母はよくこう言ったものだが、私は今自分のもらう編賃が、日に日にあがるコウリャン代にあてられる様になった時、あらためて伯母のこの言葉を想い出した。

仕事は次々とあった。全部中国人のものだったから、遠慮なく編賃も貰えた。

また、そうした賃仕事の間に私は自分の子供の頃のセーター等をほどいた毛糸で、赤ちゃん用のソックスを編んで、委託販売に出した。大連百貨店の委託で、編むのが間に合わない程の売れ行きだった。毎晩一時、二時まで編み棒を動かした。

「生活費は私にまかせて……」

と大きな事を言った手前、私の意地っ張りが引っ込めなくなった。また亡くなった伯母が毛糸を沢山買い込んでいて、茶箱一杯あったのが役立った。

「しいちゃんばかりに働かせちゃあ、男の面子《めんず》が丸つぶれだ」

と半田さんが、太い指で手伝ってくれる夜もあった。色とりどりの可愛いらしい赤ちゃんの足袋に
「私にも彼の子供なりといたら、淋しくなかったのに……」と思う事があった。終戦の直前だった

かに私は「激情」という映画を見た時の事を思い出した。その映画の中で恋人を戦争で失った高峰三枝子が

「あの人は、わたしに子供なりと残してくれればよかったのに……」

と泣きくずれるシーンがあった。私はドキンとした。私も同じように考えて、消息不明の彼を恋うる夜があったからだ。それ以来、その言葉を忘れる事が出来なかった。赤ちゃんのものを作りながら、そうした感傷は、私の古傷の様にうずいた。編み棒が涙でかすむ夜が続いた。

六、密　航

君在す故郷にむけ船出する人の多きに心乱るる

「陽ちゃんがネ、密航船でロシア町波止場から内地に帰るんだって。着物なんか沢山持って、お姉さんと二人」。こんな噂を、私は耳にした。

岡野陽ちゃんは小学校の同級生、親友だった。私が四年生の二学期日本橋小学校に転校したとき、陽ちゃんの胸に、かわいらしい桜のマークのバッチがついていた。私はそれがほしくて信太先生に「ちょうだい」と言いに行った。それは級長、副級長のバッチだということで、三学期にやっと私ももらえた。その冬の学芸会に私は腕白坊や、陽ちゃんはそのお姉さんに選ばれて劇をしてから陽ちゃんとは大の仲良しになった。

私は山城町の陽ちゃんの家にもよく遊びに行った。お父さんは弁護士でいつもむずかしい本のある書斎でむずかしい顔をしていらした。そしてお姉さんの甲子さんも一緒に、小さな池でスケートの真似をしたり家中かくれ場所にしてかくれんぼをしたりして遊んだ。

六年生卒業まで中村絢ちゃんと三人、「ヤンさん」「シャンさん」「アヤンさん」の渾名《あだな》と共に仲よし三人組だった。そして三人共女学校は神明に入れてクラスは別々になり、絢ちゃんは二年生で転校して、陽ちゃんはバスケット部の学校代表になって忙しそうだったので遂にはなればなれになってしまった。女学校卒業後、小学校のクラス会をして集まったとき、

「ソーセージも知らない人たちと一緒に洋裁を習っていたのよ」

と東京での話をして笑った陽ちゃんだったが、上野の音楽学校を卒業後芙蓉高女の先生をしていた姉の甲子さんと一緒に密航船のジャンクで帰国したというのだった。

後で聞いた話では、朝鮮で一度つかまって諫早に着いたが、そこでもつかまって憲兵さんに助けられて宿に入る事が出来たそうな。その頃ジャンクは唐津に着くと聞いていた。

私は何だか羨ましくてたまらなかった。「内地まで帰りさえしたら、彼も栃木に帰っているのではなかろうか」と私は思った。

「しいちゃん一人だけ帰したらよかよ。唐津には私の甥がいるケン。何とかしてくるるサイ」

父母の仲人の小沢の小母さんがジャンクの密航の話を持って来てくれた。この頃ではすっかり私をたよりにしている母は、

「この子がいなくなったら困っちゃうものネ」

と言う。小母さんは、

「後のものは何とかなるサイ。あんた、しいちゃんを可愛そうとは思わんかネ。内地に帰るぎんたちゃんと婿ドンが待っとるかもしれんトヨ」

と九州弁でまくしたて、私の帰国を熱心にすすめてくれたが、私は決心出来なかった。

「わたし、かあちゃんをのこして帰れない」

泣いてばかりの気弱になった母を残して行く気にはどうしてもなれなかった。

「あきれた子だよ、こん子は。かあちゃん言うたって嫁さんに行くときは、かあちゃんと一緒には行けんトヨ」

小母さんはさんざん毒づいて諦めたようだった。

それから大分たって、

「やっぱり密航船で帰らんジよかったバイ。唐津に着くことは着くバッテン、土地の人が寄ってたかって荷物をとってしまうとバイ」

と小母さんは言って来た。

「まさか……」

私は信じられなかった。同じ日本人同士でいくら敗戦国とは言えどうしても信じられない。

「いんニャ、ほんなコッテバイ。しいちゃんも仕方なかネ　みんなと一緒に帰られる日まで待たんトネ」

小母さんは言いたいだけ言って帰って行った。

私は、ちょっぴり陽ちゃん姉妹のことが気になった。

七、カンちゃんの災難

「俺、カンカン作りだ」

カンちゃんは嬉しそうに裏口を出ていった。

敗戦からもうすぐ一年という五月末の日曜日だった。その朝、カンはいつになくめざめがわるかった。むっつりと起きて来た彼は、

「叔父さんの所に行ってみようかな」

と言った。彼の祖父の弟が桃源台にいることは前から聞いていた。

しかしなぜかカンはそこへ行くのを嫌がっていた。

「行ってみるといいわ」

鉄道技術研究所四号館車輌研究室、制動研究室

私もご機嫌の悪い彼を追い出そうと、そう言ってた時、隣組で「泥棒よけの鳴子」を空缶で作る話を組長さんが持ってきた。

「俺、もう行くのやめた」

そうした仕事が好きな彼は、とたんに張り切って、その鳴子造りの役を買って出た。

朝御飯の後片付けをし始めた私がまだ終わらない、ほんのちょっとの間、カンちゃんが出ていってから五分もたっただろうか、片目を押さえたカンちゃんがニューッと裏口から入って来た。

「どうしたの？」

カンちゃんの顔をのぞき込むと、目を抑えたカンの手の間から、卵の白味の様などろーっした液体がだらだらと流れた。

「目をやっちゃった、これで」

カンの右手には、先のにぶく尖ったヤットコがにぎられている。そしておさえた手を放すと、

「あっ、見えない。しいちゃんが見えない」

彼は叫び始めた。空缶に針金を通していて、右手がすべり、ヤットコの先で自分の左目をついてしまったのだそうだ。

その日から、カンちゃんの病院生活が始まった。カンちゃんは黒目のまん中をついてしまっていた。彼の手の間から流れていたのは、眼球の中の漿液だった。病院でも手の施しようがないと言わ

れた。幾つかの検査の末、遂にカンちゃんの左眼は剔出しなければならなくなった。剔出の瞬間、パァーッと光線が入ったように見えない眼の底が明るくなって、そしてすぐ暗い暗い谷底に突き落とされた様にまっ暗になったと後でカンは言った。

「ワアッ」とも「ギャアッ」ともつかないカンの叫び声が、手術室の外の廊下までひびいた。私も足がガクガクふるえ、半田さんの顔も蒼白だった。

「カンちゃんが叔父さんの所に行っておればこんな災難にあわなかったのに」

言っても返らぬグチを私はくどくどと繰り返していた。人間いつ何が起こるかわからない。カンが村山寮を追い出されなかったら、私がうちにおいでと言わなかったら、また今日隣組が、泥棒よけを作らなかったら、といろいろと思われる。運命と言われるものだろうか。ちょっとの事でカンは片目になってしまった。役者の様なきれいな目だったのに。

両眼まっ白い包帯のカンちゃんは、用便はもとより、三度の食事も口まで運んでたべさせなければならなかった。私と半田さんが交替で泊まって看病した。その頃になって私は妹の美奈子がカンちゃんに好意以上のものをいだいている事を知った。それまでも美奈子はカンちゃんと仲が良かった。カンが家に同居してからは、毎晩勉強の相手にカンがかり立てられた。カンは数学と英語が得意らしく、夜おそくまで美奈子に教えてやっていた。

カンが入院してからは、美奈子は学校の帰りに毎日病院に寄った。そうしてその日の出来事を小

さな事まで、カンに報告し、またカンもうれしそうに聞いていた。そして遂に、

「美奈子が泊まってカンの看病をする」

と言い出した。

「甘ったれの美奈子に何が出来るものですか」

母も反対したが、彼女は真剣だった。かくて毎日学校からまっすぐ病院に帰り、泊まって朝また病院から学校に行く日課が始まった。

私たちはそのために二人分の食事を運ぶことになったが、カンが美奈子の甘ったれ看病を喜ぶ様子だったので、私たちも彼女の言うままにさせていた。当時女学校と言っても、なにしろ敗戦後の外地にそんなにハイレベルの授業がある筈もなかった。たいくつしのぎの場所とみんな思っていた。

彼の眼は五十日間の入院を要した。費用はいくらかかったのか、どうしたか全く記憶にない。元満鉄の病院だったから、不要だったのかも知れない。しかしとうとう目の玉をくりぬいた所に義眼を入れる様になってしまった。

男にはもったいないないように美しい瞳の彼だっただけに、チグハグな美眼で、ちょっと首をかしげて物を見るようになった彼が痛々しくてたまらなかった。

「カンに私の家においでナンテ言わなきゃよかったネ。そうすりゃ眼も失わずにすんだのにネ」

引揚げの日まで、私は何度も彼にこう言った。彼にすまないと思う気持ちで一杯だった。

「俺な、内地に帰ったら、みんなに武勇伝聞かしてやるんだ。終戦後の暴動をしずめるために、ソ連兵の奴をちぎっては投げ、ちぎっては投げして大活躍したとき、やられたってナ。まさか缶かん作りをしていて、自分で自分の目を突いたなんて、かっこう悪くて言えないもんナ」と彼が案外明るく話してあきらめてくれてたのが、私にはせめてもの救いのような気がしてならなかった。彼は北海道に引揚げた後、中学校の校長にまでなって、一九九一年（平成三年）、心臓病で亡くなった。

八、ハラショ

浪速町を中心にして、大広場、常盤橋に至る通りには、衣類を肩からぶらさげて、「ハラショ、ハラショ」と売り歩く日本人男女で一杯だった。ハラショとはロシア語で「良い」という意味だそうだが、いつの間にか、そうした立売の代名詞になってしまっていた。

「お姉ちゃんもハラショに行ってみたら？」

何度か二階の栄子ちゃんに誘われて、栄子ちゃんのご主人の久雄さんに連れて行って貰ったのが、私のハラショ通いにはじまりだった。

父のスプリングコート一つを持って、おそるおそる久雄さんについて行った。

終戦後もうすぐ一年、大人ばかり六人の我が家の生計は、もう私の編み物位では追いつかなくなっていた。父のスプリングコートが思ったより高く売れてからは、私もがぜん勇気が出た。

「ハラショ、ハラショ」とは言え、買い手のほとんどが中国人だった事が私にはうれしかった。得意の中国語を片っ端からしゃべりまくった。とんだところで女学校の中国語が役に立った。小さな「急就篇」の本が頭の中を駆けめぐった。毎日行李や箱やタンスの中を、ひっかき廻して売れそうなものをリュックサックに入れて出かけた。

まず一番に、卒業後の内地旅行のとき、新川の伯母が、成金ぶって妹にプレゼントした振袖の一かさねを、母には内緒で持ち出して叩き売った時は、長い間の胸のモヤモヤがすーっ消える様なたまらない快感だった。

「これで伯母への仕返しが出来た」

私は手に在る軍票の数枚より、その小気味よい仕返しがうれしかった。

「執念深い子だよ。あきれたネ」

と母の知る所となって叱られても、私は平気だった。もらい子だの、養女だの、つれ子だのみんな私の知らない世界、私は何も悪いことはしていないのに、美奈子に遠慮せよと言って差別した伯母への怨みは、生やさしいものじゃあないんだと、母にも妹にも八つ当たりしておこった。

母は私が衣類を持ち出すたびに泣いた。

「永い間かかってせっかく集めたのに……」

未練たっぷりだった。母は人並みはずれた衣装道楽だった。給料泥棒と渾名をつけられる程の父の高給のほとんどは、タンスや衣装箱の中にねむっていたようである。

白生地を買って京都に染めに出すのも楽しみの一つらしかった。おかげで私のハラショの材料は品切れになる事はなかった。面白い程売れた。持って行った品物が必ず軍票に変わる事が、私には面白くてたまらなかった。

ただ、羽織は人気が悪かった。

「マーレンキー（みじかい）」

と言う。曲がっている裾をのばしたら着物と同じ長くなるといくら説明しても、中国人もソ連兵にも理解出来ない。日本人だけの文化だと痛感した。

売りたいと思う値の倍も三倍ものかけ値を言う中国式の商売も覚えた。その値のまま値切られずに売れたら「バンザイ」である。

箱入娘のお嬢様も、戦争に負けたら、人間が悪くなったものだと反省みたいなものもあった。

朝早くハラショに出かける電車の中では必ず、野手一課長の娘さんで、神明の三年下の律子さんと一緒になった。彼女もいつもリュックサック一杯のハラショの資本を背負っていた。常盤橋から浪速洋行の前迄、売りながら歩いて行くうちには、必ず何人かの神明卒の常連に出会った。宇佐見さんもその一人だった。満鉄理事の一人娘とか聞いていたが、と私はいつも彼女の立売に足を止めた。

「世が世であれば五万石……」

と父のうなる義太夫調子を思い出すのだった。お嬢さまなんて言っていられなかった。

ハラショも毎日出かけるうちに、すっかり顔なじみのお友達が出来た。お客のとだえた時には、身の上話が始まったりした。母の銘仙で作ったモンペ姿の私を、娘と思う人は一人もいなかったようである。

「奥さん」

と誰かが言った。また私もあえて訂正せずに奥さんになりすましていた。

「ご主人はやはり兵隊さんで……」

と誰も聞く。

「ええ、フィリピンでした」

「召集ですか」

「いいえ職業軍人で……」

大連神社を行進する鼓笛隊。私は二年生で笛でした。

実にいい気なものだった。

「子供さんは?」

「いませんのよ。子供でもいてくれたら、気がまぎれるのですけど」

「いいえ、子供がいると、苦労のタネですよ。思うように働けませんしネ。こんな世の中になると、子供が可愛そうでネ」

子供が三人いると言う小母さんは涙声になった。「そんなもんかナア」インチキ奥様の私には理解しにくい心境だった。しかしもう私は彼の妻になりすましていた。せめて気持ちの上だけでもそうありたかったのだ。

ハラショで味をしめた私は、時たま、家財道具も売りに行くようになった。こうしたガラクタ市は、聖徳街の五丁目から一丁目までの昔のバス道路の人道にならべられていた。私も社宅の向かいの近藤さんと、ガラガラ言う車に、フライパン、額ぶち、ハンガー等々家の中のガラクタを手当り次第に乗せて、ガラクタ市の仲間入りを企てた。近藤さんも終戦まで一緒に、潤滑研究室に勤めていた。一班の副班長をしてもらっていた仲なので、二人のガラクタ市通いは、思いの外楽しかった。とんでもない価格で買っていく「満州」人もあり、言い値の十分の一に値切られ、あげくの果てにかっぱらわれてしまう事もあった。しかし露天にガラクタをならべて、一日中坐っている大陸的商法もまた面白かった。味を占めた三人は毎日家のガラクタを運んで軍票に変えた。

「どうせリュックサック一杯の中には入らないから」。巷には引揚げの声も立ち始めて、私たちの商売も活気づいた。しかし二人が家の中のあらましを売ってしまっても引揚げの話は、なかなか具体化しなかった。目ぼしいものを売りつくして失業状態になった私は、新しく煙草の立売を始めた。六人のいのちがかかっている。遊んでなんかいられなかった。

カンちゃんが手ぎわよく台を作ってくれた。

朝早く西崗子のヤミ市に煙草を仕入れに行く。これはカンと半田さんが協力して一緒に行ってくれた。まだねむりから覚めきらない中国人街には所々に豆乳を売る屋台店が、白い湯気をうまそうに立てていた。戦争中は汚い物と決めつけていた中国人の食べ物にも「うまそうだなァ」と関心を寄せる心根が、我ながら哀れに思えてならなかった。女学生の頃、井手口さんと二人で「我要看々」（私は見に来たよ）と横着にのぞいて廻った中国人街に、生きるための商売の仕入れに足を踏み込むようになった自分が情けなくもあった。蔑《さげす》むような中国人の我々に対する侮蔑《ぶべつ》のまなざしは、たまらなかった。

しかし煙草は日本人にも、中国人にも売れたので、楽な商売のように思えた。六人の生活を支えるためには、ただ一か所にじっとしていて買い手を待つ様な手ぬるさでは、とうてい間に合わず、私は台をかかえて、一日中に何度も人通りの多い所を求めて移動した。通勤時間は、電車の停留所の西市場の前、日中はヤミ市そして夕方工場のサイレンが鳴ると、幼稚園前にと言う様に駆け廻った。となりの父親を亡くした乳児、勇夫君を背負って、小学二年生になった千枝子を連れて走り廻る私の姿を、共に吾が子かと思って哀れがってくれた。私はとなりの子が、コウリャンの粥《かゆ》も食べられず、「おから」ばかり食べて、親子六人暮らしている事が、哀れでならなかった。時々持って行く「かんころ餅」に五人の子供が目の色を変えてとび出して来るのがたまらなく不憫《ふびん》だった。おばさんが豆腐売りの暮らし、長男は予科練に行ったまま、戦争さえなかったらといつも思った。おじさんは、敗戦の年の十二月肺病で急死した。

煙草売りも天気の良い日ばかりではなかった。何日も降り続いた雨に煙草のほとんどがかびてしまって大損した事もあった。

いろいろに商売換えもした。鉄研の人たちが冷凍研究室の機械を使ってアイスキャンデーを作り出すと、私はキャンデー売りにもなった。ガラガラという車にカンちゃんが手製の旗を立ててくれた。

「黒ん坊印アイスキャンデー」

朝、研究所で五十本入れて貰って、聖徳街のやみ市から、沙河口まで「ちりんちりん」と鈴を鳴らして歩き廻ったのに五本しか売れず、箸ばかりが残るようにとけてしまったキャンデーを前に私は泣いた。

父はもちろん、二人の同居人も毎日会社に行ってはいるが収入らしい収入はなく、妹は女学生、ピアノやバレーに夢中、母は毎晩お通夜のように泣いてばかり、誰も特別な金もうけが出来ないお人好しばかり。

「一体みんな、どうやって日本に帰られるまで、生きようと思っているの?」

私も泣きたかった、私だって二十歳の娘、恥ずかしい事も体裁の悪い事も人なみに感じている。でも私が何もしないで泣いていたら、六人は生きてゆかれない。大声で泣きたかった。

「シベリヤおふみ」、これがある級友の異名だって、びっくりした。彼女は何人ものソ連兵を遍歴したあげく、工場長(もちろんソ連人)のメカケとなり、沙河口小学校前の工場長の家にデンとおさまってしまっていた。見るからに、それと判るケバケバしく化粧をして高価そうな衣装で私の家に、ぶらっとやって来ては、白米の御飯が腹一杯食べられる事を自慢げに話した。

「しいちゃん、あんた日本に帰られると思っているの?」

「もちろん、思っているよ。一日も早く帰りたいよ」

「へえー」

彼女は、あきれたような顔をした。あきれるのは私の方だと思った。私には昔から彼女の生き方は真似の出来ないことだった。女学校の同級生の頃から。

私は来る日も来る日も、あまりぱっとしない立ち売りでいらない物、持っては帰れないものを軍票に替えていた。

「一郎さんに顔むけの出来ない事だけは決してしない」

と言うささやかな誇りが私を支えていた。

九、こっくりさん

「こっくりさん、こっくりさん、お待ちしています。どうぞいらして下さい」

割り箸を三本くくって、三つ又に足を広げた物を、北側の窓の所に立てて窓を開けて、こう三べん唱えると、こっくりさんが来る。

そして、いろは四十八文字と数字を円形にかいた紙の上を、その三本の足が自由自在に動き廻って、適当な言葉を作って、お告げ下さる――と言う事を初めて教えてくれたのは同じ隣組の宇部さんのおばさんだった。出征中のおじさんは「いきている」と言われたとかで、

「お姉ちゃんもやってみたら？　御主人の消息が解るかもしれないよ」

と私に見学を兼ねて、その現場に招待してくれた。隣組の人々は入営前に何度か訪れてた彼の事をもうすっかり「御主人」と呼んで私をどぎまぎさせたが宇部さんのおばさんもその例にもれなかった。

「大崎さんのお姉ちゃんの御主人は生きていますか？」

とおばさんが聞くと、こっくりさん、

「犬がいるからイヤ」

と言った。堀田さんのおじさんが犬年で

「いやあ、わたしのことかな？」

と隣の部屋にかくれた。しかしまた

「となりに犬がいる」

とこっくりさんのごきげんは直らない。

何の事はない「『大崎さんのお姉ちゃんの御主人』じゃあ誰の事か判るはずがない」と思った。

家に帰って、早速に母と半田さんを動員して真似をしてみた。

不思議と箸は動いた。

「どちらから、おいでですか？」

「沙河口神社」

沙河口神社においなりさんあったっけ？

「おとしは？」

「四十」

「しろですか、クロですか？」

「しろ」

側で見ていたカンちゃんが、

「馬鹿な、そんな事がある？　こっくりさんなんてインチキだ。三人が動かしているだけだ」

と言った。するとこっくりさん、

「カンが悪口を言ったから帰る」

と言って動かなくなってしまった。私とカンは、こっくりさんではいつも衝突した。妹までカンの味方をして、

「そんなの、およそ非科学的よ。人間の潜在意識で動かしているのよ」

と生意気な事を言った。私も全面的に信じてはいなかったが、何かにすがりつきたい。何とかして真実が知りたい。藁をもつかみたい気持ちをこっくりさんに託していた。

新聞もラジオも全くない盲目にひとしい毎日の中で、それがたとえ、ウソでインチキだろうと、こっくりさんの指す文字は魅力だった。

「カンと美奈子は、あっちに行きな」

と勇ましく追い立てると、夜長の一ときを、飯台の上にこっくりさんをお招きしていろんな事をたずねた。私の一番知りたい彼の消息は
「日本に帰っているが目が悪くて病院に入っている」（うそ、フィリピンで戦死）

と言った。そして江頭さんは、

「兵隊から帰ったけど石に頭をぶつけて死んだ」（これもうそ。復員は本当。石でケガをしたのは足）

と言い、母がたずねた新川の祖母は、

「終戦の年の暮、汽車にひかれて死んだ」

と言って母をおいおい泣かせた。しかしこれは全くうそではなかった。祖母は臨港線の汽車にひかれて両足がなく、祖父の家の二階でダルマの様に坐ったままの姿で生きていた。見つけてくれた人の中に看護婦さんがいて止血が上手だったから死をまぬがれたと言うことだった。

そして引揚げの時期は、

「三月十八日」

と言った。フスマのかげからカンが、

「うそ言え、引揚げなんかあるものか」

とどなると、

「カンはああ言うが必ず帰れる」

とやりかえして、

「何だい俺のことをカンカンと気やすく言うな。そりゃしいちゃんが勝手に動かしているんだ」

とカンをむくれさせた。何度しても、その言う事は大差なくて、すっかり信用した母は、祖母の写真にお燈明をあげて、おがんでいた。私も、私なりに信じたかった。

彼が生きているという事は、どうしても信じたかった。たとえ目が見えなくなろうと、足や手がなくなろうと、ただ生きていてくれるだけで私は満足だと思った。私の満足な五体で彼を助けて生きてゆきたいと思った。

しかし、その頃、私はしきりと彼の夢を見た。それはこっくりさんのお告げとは正反対に、絶望的なものだった。「まだ還って来ない」と彼の父から便りのあった事や、彼がものも言わずに遠くに行ってしまう夢ばかりだった。夢から醒めた私は布団をひっかぶって泣いた。そして一生けんめい、こっくりさんを信じたいと思った。

後日、引揚げてみると、こっくりさんの言った事は、まんざらウソばかりではなかった。私の一番信じたかった高久さんの生還は悲しいかなまっかなウソで死んだ筈の江頭さんと祖母は生きていた。江頭さんは、終戦の直後、宇品の原隊をピカドンでなくした部隊は、海田市（広島県）の駅前から復員して有明干拓の仕事をしていたので石で手や足を怪我していたそうな。

祖母は終戦の年の十二月、新川町の臨港線の貨車にひかれて両足がもものの所から切断されダルマさんの様になって生きていた。すぐそばを看護婦をしていた人が通りあわせて止血を上手にしてくれたから助かったが、その人が通りあわせなかったら、年寄りの両足切断だから死は間違いなかったと言う祖母の話に、私はこっくりさんを少しばかり信じる気になった。

そして私たちが愛知県半田の駅に降りたのが奇《く》しくも三月十八日の早朝だった。こっくりさんの言ったとおり。

「なんとなく、そんな気がしたのが、偶然当たることがあるでしょう。あのインスピレーションよ。姉ちゃんのこっくりさんもそんなものなの」

美奈子はあくまでも信用しなかった。

何だか私にも解らなくなってしまった、こっくりさんの存在である。

十、博多結婚

便宜上、日本人同士結婚する人が目立って多くなった。

「桜井さんも結婚したんですってよ」

私より女学校は一年下級生、鉄研でも女学校でも美人で有名だった和ちゃんの結婚の話を聞いたのは、終戦後二度目の冬を迎えようとしている頃だった。

「博多結婚じゃないのだって」とも聞いた。

「博多結婚」誰が名付けたのであろうか。それはただ便宜上夫婦になっているだけで、もちろん戸籍等届ける所もなく、引揚げたあと、博多に上陸と同時に、右と左に「サヨナラ」という結婚の事だそうだ。私にもそうした心理は解らないでもなかった。女の私が一人で精一杯背伸びして生きようとしても、つめたく凍りついた道をふぶきの舞う二度目の冬を迎えようとしている現実に、どうにもならない不安と心淋しさを感じる事は、偽りのない気持ちだった。大きな手で、しっかりと抱いてほしいと思う事も度々あった。

その頃になって半田さんの外泊が目立って多くなった。それはポンちゃんの所という事は知っていた。

「江頭さんのことは水に流して……」と言ったポンちゃんが半田さんと必要以上に仲良くしている事も私は耳にしていた。しかし私は一切それにふれなかった。

「それぞれ自由にしていいじゃないか。私はただ彼を待つのみ」と割り切っていた。カンと美奈子もますます仲良くなり、私は自分の家でも完全に既婚者然として孤立してしまっていた。音信不通のまま丸二年になる彼に寄せる頑《かたく》なな私の恋心が招いた孤独、そうした自分の心がわかりながらも、私はやっぱり淋しかった。

その頃になって、「青年部」の活動が目立って活発化して来た。各々の地区にも坊単位で青年部が結成された。霞町地区を二十二坊と言い、私は二十二坊青年部の総務部長の役をさせられてしまった。もちろん、隣組の組長と四、五、六、七番地を合わせた四班の班長も兼任という事だった。青年部は男女一緒で班長、部長も男女各一人づつ二名だった。

私は毎晩、各班や本部の集会にひっぱり出されるようになった。男子の部長須本さんもいつも一緒だった。須本さんは北満からの逃亡兵だった。下士官だった彼は兵隊さんを数名連れて逃げて来たとか。六番地の知りあいの家に同居して、昼間は兵隊グループでヤミ市で「おしるこ屋」を開業していた。当時二十五歳、兵隊になる前は福岡市で警官をしていたと言う前歴の故かテキパキとして統率力は旺盛だった。何となく威圧感がにじみ出ていて、彼には私も不思議と反発出来なかった。マルクスもレーニンもとんと知らない私に、赤色に染まった青年部の役員は、どだい無理なことは解りきっていた。

「そこを学習するんですよ」

と本部役員にまで引っぱり出したのは、この須本さんだった。

「須本さん共産党なの?」

私は聞いてみた。

「冗談じゃないよ。僕は警察官ですよ。帰ったらまた復職する気です。党員になるものですか。これはネ、大きな声では言えないけど、帰国の手段ですよ。優秀分子になれば早く帰国できる」

と彼は言った。(――そうしたものなのか)

それから、私の赤大根学習の気が動いた。

「早く日本に帰られるための……」

オロオロと外出を反対する父母を尻目に何でもかんでも役員肩書を引き受けて、毎晩須本さんについて出かけた。フィリピンから還らない彼を忘れたワケでも、心変わりしたワケでもない。早く内地の土を踏みたいから……。

また、その集会届を、保安隊（中国人）に届けて許可を貰って来るのも私の仕事になってしまった。

「こんなとき中国語の話せる人がいると便利ねェ」

とこんな事で総務部長の役が私に廻って来た。

しかし卒業してから丸五年、資格を取ってから丸六年、甚《はなは》だ心許ない私の中国語だった。

大正広場の保安隊本部では、研究所の車両研究室でボーイとして働いた張さんが偉そうに坐っていた。

「あら、張さんえらくなったわね」

突然飛び出したのは日本語、みんなの信頼はとても私には重荷だった。

そうした青年部の中にも、博多結婚に等しい関係が存在していて、私はびっくりした。

男子の部長の松本さんが、

「ミーちゃん、ミーちゃん」

と夫婦気取りでいたのが、神明の一年上級のひとだったり、男女班長同士でかけおちよろしく同棲生活に入ったりで、誰もがみんな淋しいんだと思った。

「しいちゃんこそ、須本さんと怪しいぞ。毎晩彼が迎えに来るじゃないか」

カンがむきになって言って、私もハッとした。

「みんなにもそう思われているのかも知れない」

事実、夕食の済む頃になったら、いつも彼はむかえに来る。四、五、六、七番地の隣組の常会にも必ず二人揃って顔を出した。

「班長なら当然のことですよ」

彼は誰が何と言おうと平気だった。そして常会がすむと彼は必ず私の家まで送ってくれた。

私もデレデレする気はなかったけど、手も握ろうとしない警察官らしい男性だった。

二人のゴシップめいた噂は彼も充分聞いていただろうが、二人は共に凍りついた大連の街路の様に燃える事はなかった。

「あんたって冷たい人だった。何かこう寄りつきにくくて、思うことがはっきり言えない時代のせいかな!!」

十二月の初め、引揚げ第一船で帰国が確定した夜、須本さんはこうしみじみ言って、自分の博多の住所を記した紙切れを私に渡すと、第一次引揚げ船で帰ってしまった。

「これでよかったのだ」。あと、一、二か月、このままの状態が続いたら、ずるずると彼のペースに巻き込まれそうだった。不安定な心を省りみて、私はほっとした。

十一、やけ酒

またお正月が来た。昭和も二十二年、私は二十二歳。泣くにも泣けない気持ちだった。大連で一番生活困窮の人たちなどを乗せた引揚げ船が十二月の初めに博多湾に向けて、一隻出ただけ。

「もう、春までは来ないのだって」

まことしやかに囁かれる噂は、デマだと反発しながらも私の心は暗かった。

「もう、どうにでもなれ」。私はやけになった。私一人がやきもきしても窮乏はつのるばかり。暖をとる石炭もとうとうなくなってしまった。机やタンスをこわして燃やし、私が買い集めた本箱一杯の本も次々と味気ない白い灰に化してしまった。

中央公園の木の枝は、首つりが続出した。

「物価はどんどん上がるのに、私ばかりがどうしてさがらなきゃならないのでしょう」の名文句の遺書をのこして自殺した人もあったと、カンがまことしやかに言った。

私も何度か山田さんに貰った青酸カリのカプセルに手をやって身震いをした。

「やれる所まで、やってみるさ」とも思って、私はやけ酒を呷《あお》る人の心理が痛い程解った。そして私も生まれて初めて「やけ酒」を飲んだ。カンが正月用にと買って来た「老酒」だった。中国の酒でかなり度の強い酒らしかった。

「おちょこなんかじゃダメ。茶碗で飲もうよ」

私が湯のみでグイグイ飲むのを、母は、はらはらして止めた。

「止めないで!! 私の気持ちもわかってよ」

私はグイグイ息もせずに飲んだ。息をしたり考えたりしたら飲めやしない。泣きながらもうこれで死んでもいいと思った。

二杯、三杯目からは、手がしびれて、自分の手でないように自由を失った。手拍子の手が叩けなくなった。胸は火がついたようだ。舌の先もしびれて来た。ロレツがまわらなくなった。

「酔ってなんかいないよ」

私はまた二杯飲んだ。全部で五杯、もう頭の中がボーッとしてしまった。

生活苦も、彼への切ない想いも、不思議と私の頭から消えた。ただホワホワとしびれたような感覚があるのみ。立ち上がって歩こうとしても自分の足が妙にいう事を聞いてくれない。

「酔ってしまった」

私は完全にそう思った。

——酒はなみだか　ため息か
心のうさの　捨てどころ——

と謳った歌の意味が、初めてわかったような酔い心地だった。

「どうにかなるさ。クヨクヨしなさんな」

と自分に言い聞かせる様にロレツの廻らないのに口走っていた。

それから三日間、割れる様な頭痛に私は起き上がれなかった。

「馬鹿な事ばっかりするからよ。今あんたがやけになったら、うちはどうなるのよ」

母が枕元でくどくどならべる泣きごとに、私は布団にもぐって泣いた。

「これ以上、私に耐えろと言うの」

私は自分が可哀そうにもなった。タンスも本箱も応接セットも、みんな売ったり、燃やしたり、がらーんとなった六畳の隅で、私は青い畳の跡を悲しく眺めた。彼が初めて私の家に、栃木のみやげをどっさり持って来た日、ここにあったソファーにどかっと腰をかけて、泉士郎の「愛染かつら」の映画説明を何度も何度もかけて聞いていたっけ。そしてレコード箱の中に、修養団の竹内先生の「報恩の歌、感想の歌」のレコードがあるのを見つけて、

「君にこうした所があったとは知らなかったなァ」

としみじみ言ったっけ。

――あわれ地上に数知らぬ
衆生の中にただ一人
父とかしづき　母とよぶ

尊きえにし　ふしおがみ――

私は床の中で、その歌詞を口ずさみ、決心した。

「そうだ、やっぱり私はしっかり生きなきゃあ、みんなが内地に帰られるときまで」

私はそこで前からすすめられていた、労働組合への就職を決意する気になった。

「私には共産主義がまだよくわからないから」と今まで断り続けて来ていた。内心は、「アカの手先になんかなるものか」という気持ちが強かったことが大きな原因だったが、無条件降伏の国民がそうはっきりと言えないのではないかという迷いもあった。

「現物支給も沢山あるし、お姉ちゃんのようにはきはきとものが言える人なら、給料も驚く程くれますよ」

と熱心にすすめてくれる、隣組の原さんのおじさんに、頭を下げようと決心した。

逃亡兵で無一物の半田さんが一月五日に集結が決定し、カンの引揚げも確定し、私たち親子だけが、父の技術者留用でいつ還れるか判らないと言われ始めた頃だった。

十二、赤旗のうた

――民衆のはた、あかはたたは――

私にこの「あかはた」の生活が始まった。

「あかはた」の本家本元、労働組合本部、総務部、人事課が私の新しい職場だった。場所は協和会館のすぐ向かいの、もと大連日日新聞社の隣りの技術会館だった。入社前、簡単な試験があった。

「共産主義をどう考えるか、共産主義に生きる若人の生き方は」

等々、試験問題は前もって、隣組の原さんから教えられていた。原さんも同じ総務課の総務部総務、自分の推薦する人が優秀分子であれば、それだけ自分の給与があがる、そうした損得勘定から、こっそり試験問題の横流しをして組合側の喜ぶ解答が伝授されていた。原さんに教えられた通りに書いて、勿論私は満点の、最優秀分子という折り紙つきで採用され、一月十日に行き始めた。

「何で貴女は、労働組合に就職を希望しましたか?」

面接の時のこうした質問にも、

「沢山勉強して、正しい共産主義を習得するつもりでした」

と原さんに言われたように答えた。そして私は心の中では舌を出していた。生きんがために、こんなずるい生き方をするようになった自分がなさけなかった。

おかげで私は人事課の給与係に採用されて大連じゅうの労働組合の人たちの給与を一月に一度支給するようになり、驚く程の軍票が私にも支給されるようになった。それはカンちゃんが半田さんに続いて引揚げてからの親子四人の生活には充分すぎる多額なもので、母も見違える程に生気を取り戻してもう泣かなかった。

軍票のほかに現物支給があり、ジャガイモや塩サンマ等毎日の様に持ち帰った。

「ある所には、何でもあるものだ。共産主義も悪くないかな!!」

私は今までハラショの売り喰いや、立ち売りの乏しい生活では知り得なかった不思議な世界を覗いている心地だった。

給与係は、沼宮内さんという三十歳あまりのおばさんと二人、彼女のご主人もフィリピンに転戦のまま終戦になったという点で、私たちは急に意気投合した。

「まさか、あんた本気でアカを礼賛してるんじゃないでしょうネ。赤大根でしょ?」

二人の間にはさんで置いてある火鉢の火をかき廻しながら彼女はそっと声をおとした。

「もちろんよ。早く帰りたい一心よ」

私も彼女にだけは本心を打ち明けた。

「ワアすてき、握手しましょう」

その日から私も組合に通うのが楽しくなった。彼女も、優秀な分子という触れ込みで、給与面一切をまかされていた人だけに、私はほっとして嬉しかった。

「赤大根でも、ソ連兵の妻になるよりよっぽどましだと思うワ。主人にだって赤大根は言いわけが立つんですものネ。お互いに人参になってしまわない様にしっかりしてましょうネ」

と言う沼宮内さんの言葉を、私は壁に貼ってある「日和見主義者は一番の敵だ」の文字をにらみつけながら聞いた。

「日和見主義者」、それにぴったりの自分、それ以上に悪質かも知れない自分。私の良心は少しずつうずいた。

また私はよくサクラに使われた。日本内地の二・一ゼネストと応援の意味での総蹶起大会でも、アジ演説に立たされた。自分の考えてもいない事、心にもない事を力説する事のやるせなさ。

「これだけしゃべれば、軍票が何枚かもらえる」

と頭の中で計算している自分がとてもみじめだった。

「日本に帰るまで頑張るのよ。わたしたち、どうしても生きて帰らなきゃ……主人たちきっと待ってるワ」

沼宮内さんの慰めの言葉に私はそっと涙をふく日が続いた。活気づいた引揚げ船で毎日の様に同胞が船出するようになった。だんだん街に日本人の姿が少なくなってゆくのが目立った。

そんなある日。

「神明の中国語の先生が、今度うちに同居することになったのよ」

と沼宮内さんが言った。

「堀井先生?」

私は懐かしかった。先生もまだ残っていらした、みんなが帰国して、自分一人とり残されてゆく心細さの中に、ただ一つの光をみつけた様な気がした。

「先生も貴女を知っていらしたよ。あの子もまだいたのかっておっしゃってた」

翌日から、沼宮内さんと私との会話にまた新しく先生の話題が加わって、「しっかりしまヒョウ」「クナサイ」の口まねが飛び出して笑いの種子となった。

先生の郷里は秋田か山形の東北地方だと思っていたが、長い間蒙古の宮殿にいらしたとかで、日本語がちょっと変わって面白かった。

もう定年が近いおじいちゃん先生で、私は特に可愛がってもらって卒業後まで縁談を二つも持って来て下さった。なかなか先生の言う事をきかない子で、先生を悲しませる事ばかり。それでも「大崎《タチー》ターチ」の先生の好意はクラスでも目立っていて、このことで大広場のガス燈がともるおそくまで級友とケンカした思い出もある。

沼宮内さんも私も二人共、計算に非常に弱くて苦労した。給料日は頭痛のたねだった。

経理から受け取った軍票を、二人で数えて給料袋へ入れるだけの仕事なのに、いつも最後には、お金が足りなくなる。不思議とあまることはなかった。大連中に点在する支部の人々の給料なので、係が取りに来ると順々に渡してしまうので、どこに多く渡してしまったのか検討がつかなく二人で頭をかかえて困惑するのがいつもだった。

「仕方ないワ。経理に貰いに行こう」

沼宮内さんは、慣れた調子で立ち上がる。

「そんな」

戦時中の鉄研の経理を知る限り考えも出来ない事だが、経理のおじさんたちもまた、たいした文句も言わず、不足額を追加してくれた。

「今はないから、明日の朝迄待ってね」

とからの金庫を見せるときもあったが、翌朝になると、ごっそり軍票の札束が入っている。

「魔法の金庫みたい」。私には手品師のようなそのからくりが解らなかった。一体どこからその金が湧いて来るのか、いつも不思議に思った。そしてその経理のルーズさが、ソロバンに弱い私たちには、有難い事ではあったが、何となく気になっていた。その手品のからくりが、引揚げのため集められた収容所の人達から、言葉巧みにまきあげた軍票であった事に気がついたのは、自分たちがまきあげられて、一文無しになった後の事だった。

「軍票は日本に持って帰っても使えない」とか、「ソ連の軍票を持っている人が一人でもいたら、団全体を引揚げ停止にする」と言って、青年部の赤大根か人参か知らないが、優秀分子が巻き上げ工作に出る。一人千円の軍票を日本では使えるお金に交換すると聞いていたので、みんな一人千円は持って集結していたのだ。そのだまし巻き上げの戦果が翌朝の本部の金庫に湧いて出るというしくみだった。実になさけない、日本人同士が狐と狸のばかし合いのようにしてひしめき生きた、みにくい社会。口々にインターナショナルを歌い堂々と同胞をだました。

「だから、共産党大きらい‼」

そう大声で叫ぶ私に
「それは大連の引揚げの頃のこと」

と末の息子に言われる。

その大連では、技術会館のホテルの一室を使用して、いつも学習が続けられた。

沼宮内さんと二人、日だまりに背をむけて、耳をかたむけるふりをしていただけの私には共産主義もマルクスもレーニンも弁証法も何一つとしてわからなかった。赤大根をきめていた私はそうした事実には、みじんの後悔も覚えなかったが、最後になって、「だまされた‼」と思った。労働組合のやり方には腹が立って仕方がなかった。

「何が赤旗だ、赤旗なんか振ってやるものか」

私は自分が初めから赤旗なんかどうでもいい、生きるため早く日本に帰りたい一心で本部に就職したこともすっかり忘れて、一途に赤旗をうらんだ。労働組合のやり方をとおして共産主義を憎んだ。貧乏人は大いに助かると少しばかり喜んだのに。

二ヵ月ばかりの私の赤旗の生活のなかで心に残る楽しい思い出といえば、沼宮内さんと毎日三時になるとそーっと抜け出してたべたカンコロ餅の、ほろ苦みくらいなものだろうか。本部の前にならぶ立ち売りの女の子の売るカンコロ餅、さつま芋の粉を蒸して作るといわれる、ニキニキした舌ざわりの蒸しパンのようなものが、郷愁にも似た味で私の心に残っている。

そして兵隊用の大きな「飯盒」に半分ばかりのコウリャンのおかゆを詰めておべんとうに持って来てた沼宮内さんの事も。

木枯しのうなり続けた本社前の電線も、協和会館の枯木立もようやく春遠からじと声をひそめかけた頃、強制留用者も工場技術者職場団を結成して帰国できるらしいという噂が本部の中で聞かれるようになった。私の赤旗生活の中でつかんだ、最大の歓喜と希望に満ちたニュースだった。

十三、うわさ

三月には……、四月には……、七月に入ったら必ず引揚げは始まると巷の人はいろいろに噂をした。そしてその度にハラショの値がぐっと下がり、食べ物がぐんぐん高くなっていった。

しかし七月が来ても、暑い夏が通りすぎても引揚げは巷の噂のみで一向に実現しなかった。

秋もたけて十一月の声を聞いた時、市民の大部分は、今年もだめだと絶望的な叫びを高めるようになった。そして同時にこの冬を越したら大連市民は飢えと寒さで半減するだろうと眉をひそめた。事実これは楽観できない深刻な問題だった。ひたひたとしのび寄る寒気は一日一日と日本人を圧迫したし、食べ物は急激なカーブを描いて高くなってゆくばかり。どこの家でも食べ物代になりそうなものはほとんど中国人の手に渡りつくし、広々となった家の中は、よけいに寒さを加えた。
「何かいい金もうけはないか?」と老若男女が血まなこになって町を右往左往したが、結局日本人に出来るような金もうけは転がっていなかった。夏まではにぎやかに立ちならんだ町々の立売りもハラショも、次々と売る物がなくなって姿を消した。それに代わって中国人がたどたどしい日本語で私たちに呼びかける店を出し始めた。在連日本人が組織した「大連日本人団体協議会」が声を大にして越冬対策を叫び始めた十一月はじめ、「日本人引揚げを十一月から開始する」という事がソ連司令部から発表された。しかしそれを誰も信じなかった。今まで何十回この手にのせられて泣いたり笑ったりさせられたことかと、皆ソッポを向いていた。私もその中の一人だった。研究所から帰宅した半田さんとカンちゃんが口を揃えて
「しいちゃん、よろこべよ。今度こそ本当だよ。労組が発表してるんだからデマじゃない」
と言っても
「うそ!! またデマよ。もう絶対だまされないから」
とがんとして動かない決心だった。
新聞もラジオもない世界で、電信柱や商店の壁に貼られた貼紙がただ一つの報道機関だった。がそれにも今までどれだけ迷わされたことか。何でも一応は否定してみるくせのついた日本人は、いかに労組が、今度こそ本当と叫ぼうと、容易には信じなかった。しかしみんな寄ると、その話で持

ち切っていた。

「今度こそ本当らしいじゃないですか」

「そうですね。何だか本当らしいですけど、どうなりますかね」

どこに行っても話題は決まっていた。もうみんなの頭の中には、引揚げ以外の何物も存在しなかった。そして県別に北海道から先だとか、居住の地区別だとか、いや貧困者からだとか、デマとも真剣ともつかない噂が巷に一杯だった。十一月になると半信半疑のうちにもみな引揚げ船を待った。埠頭に勤める人に逢えばみんな挨拶代りに、

「船はまだ来ませんか」

と言った。

そうして待ちに待った引揚げが実現したのはその年の十二月半ば、北満からの避難民と貧困者の一団がやっと第一陣として船出した。しかしこの船も博多沖で一ヵ月以上止め置かれたとか、伝染病の発生のためとか、その真相はわからない。父のように工場に勤める技術者は、強制留用とかで、一般の引揚げ仲間から別にされるという事だった。泣くにも泣けない日の連続だった。玄界灘を泳いで渡る夢ばかり見た。女学生の頃、五キロの遠泳に合格して泳ぎには自信があったが、日本の本土までは何日かかったら泳ぎつくのだろうか、夢みたいな事をまじめに考えて二年目の大連の冬がすぎて行った。

引揚げ

一、集結

「三月二日、正午、社員クラブ前集合」

鉄道工場の職場団b団74として突然集結命令が出た。技術者留用でいつ帰れるか、もしかしたら、二〜三年帰さないかもしれないと、まことしやかに噂され、みんなもうなかばあきらめかかっていたところだった。街の一般市民の大部分の人たちは一月と二月のうちに、二、三日おきに入港した引揚げ船で帰ってしまって、日本人の数ももうまばらになっていた。私の労働組合勤務も三ヵ月あまりになっていた。

全く思いがけなく急な集結命令だった。出発までに二十四時間しかない。本部で知らせをうけて私はすっかりあわてた。夢ではなかろうかと何度も思った。急いで帰宅したくてもその頃はもう三号電車は大きな広場止まりで、霞町の社宅まで走った。

いそいで帰宅すると、終戦直後毎日のようにもぐったソ連兵よけの床下の穴にもぐって、誰にも言わずに貯《た》めたヘソクリの缶を引っぱり出した。ブリキの缶の中には真新しい軍票が四百枚入っていた。四万円、ハラショに通っていた頃、新しい軍票が手に入ると、そっとしまって貯め込んだものだった。

「あきれた子だよ、この子は……」

母は悲鳴に近い声をあげた。

「いいじゃないの。思ったより早く帰れるから残ったんだから……」

私は無造作に軍票の束を手さげに押し込むと家をとび出して、大正広場の電停にまた走った。

「あしたの正午まで、今日だけしかない」、気ばかりあせって頭の中は、まとまらない。

「軍票は日本に持ち帰っても鼻紙にもならない」という労働組合の言葉を私は馬鹿正直に信じていた。

「今日のうちにこの四万円を使ってしまわなければ」。私は電車を常磐橋で降りると大連駅前の広場から浪速町へと、昔ハラショで売り歩いた場所に立ってため息が出た。あれほどに人通りの多かった通りも無気味なまでに人通りがない。

いつの間にか店の看板も中国式に書き変えられていた。

「みんな帰ってしまったんだ」。私はきびしかった日本人の生活の跡をふりかえっていた。凍りつくような街路で、小さな台に少しばかりの南京豆をのせて、哀願するように呼びかけていた小学生の姿も、カンコロ餅売りのおばさんも、もういない。中国人が声高に叫んでいる屋台店の間を一まわりしたが、もう何も買う気になれなかった。ただ子供の頃から聞き馴れた中国語をもう二度と聞くことのない所に明日は旅立つのだという、淡い郷愁のようなものを耳に感じて歩いていた。

「お金って急に使おうと思ったって使えるものじゃないね。半分も使えやしない」

結局、持って帰れそうな食糧だけを買って帰った私に、

「今までないないと言うから、本当にお金がないと思っていたら、こんなにヘソクッて」

母はまだ残念そうに、ぼやいていた。

「わたしもやっぱりかあちゃんの子だった」

ペロリと舌を出した私に母は苦笑した。それまでの母がいつもそうだった。お金がないと口ぐせの様に言いながら、本当にないのかと思えばタンスの引出しのとんでもない所から手品の様に大金を出してみせた。そして
「人にお金を借りに行ったりするの大嫌いだからネ」

といつも言っていた。

「それだけ、まとまった金があったら、宝石を買って来れば、日本でも売れたのに……」

と半田に引揚げてから従兄の栄一に言われてはじめてそんな手もあったのかと知った。だけど、その宝石もニセ物でもつかませられたらなおくやしかったろう。

結局残りの二万円を社宅でただ一人の残留者となった岡田さんに、風呂桶と共に進呈して私たち

親子は規定の一人千円、計四千円のみを持参した。しかし私は少しも惜しいとは思わなかった。ヘソクリを使い果たしても帰国出来ない場合よりもはるかに幸せだと思った。売り払った衣類もガラクタも惜しくなかった。

「技術者留用だったから荷物は持てるだけ持って帰れ。トラックで船まで運ぶ」

今までの市民団体は、体で持てるだけ、リュックサックに一杯つめるだけ、引きずって行く人たちもあった。しかも大広場小学校に集結した妙ちゃんたちは、埠頭まで歩いて行ったのをこの間見送ったばかりだ。

突然の集結命令で荷造りには夜を徹した。衣類に布団皮まで布団袋大十七個、四人家族にはもうぎりぎりの個数だろう。それに母は十二ひとえのように着物を沢山着込んで、大きなお釜に一杯御飯を炊いたお釜までさげていた。

正午、集結所のテニスコートに集まった人々は、引揚げ見込みのうすかった留用者だけに、荷物もまたおびただしく、引越しのようだった。地区青年部がそのまま引揚げの形になった職場団だったので、荷物係を男子青年が、人員整理を女子青年が、それぞれ青年部で引きうけることに決めた。私たち役員も俄然忙しくなったし責任重大になったが、みんな喜々として張切っていた。会社側も好意的で、トラックのピストン輸送で収容所の山手町に新しく出来た実業学校まで運んでくれた。しかし私たちはまだ信用出来ずに「荷物はうまい事を言ってとられてしまうのではなかろうか」と不安気に囁き合っていた。度重なる引揚げのデマに、すべてをうたがいの目で見ることしか出来なくなってしまった我が心根が哀れでもあった。引揚げはリュック一つだけ、収容所までは徒歩集合、それが今までの形式だっただけに、「荷物は全部持って帰るように、トラックで運んでやる」と集結命令と共に伝えられたことが、会社側の好意とどうして素直に信じられなかった。

私たちの順番が来て、住み馴れた霞町をあとにトラックが走り出したのは、短い冬の日がすっかり西にかたむいた頃だった。

「さよなら　霞町!!」

思い出多い町、私の青春をはぐくんでくれた町、研究所よ、工場よ、社員クラブよ、さようなら!!　私はトラックの上から手を振った。

「それからトミ公よ、元気にくらすのよ」

私はたった一つ、心のこりでならない愛犬トミーにも心の中でさよならを、くりかえし言っていた。

「リュックの中に入れて連れて行きたい」

何度思ったか知れない。トミーは利巧な犬だった。私が女学校に入る年、昭和十三年に、母が茶碗屋さんからえり巻に包ん

私の通勤スタイル。一年間、和服で働いた。妹と愛犬トミーと。

で貰って来た。目があいたばかりの片手にのる程の小犬だった。それが昭和十三年だったのでトミーと名付けた。それから十年、私といつも一緒だった。夜も毎晩抱いてねた。が朝になると、いつも彼は私の布団の上でねていた。毛皮を着ている彼にとって、ペチカのきいている部屋の布団の中はあったかすぎたのだろう。ペチカの隅に立たせてチンチンも教えた。それからは彼は物をねだる手段として上手にチンチンをするようになった。いつも上手に立っていてときにふらっといねむりをして私たちを笑わせる事もあった。食事のときも私のひざの上で私のものを分けて与えた。おあずけも上手だった。毎朝、私を電車の停留所まで送ってくれた。夕方かえりは門の前で待っていて、私が角を曲がるとつーとかけ寄ってきた。抱き上げると私の顔を所かまわずなめ廻してよろこんだ。

また彼は「隣り組」のうたが大好きだった。

「トントントンカラリととなりぐみ……」

と歌が流れると、前足で机を叩いて拍子をとることを覚えた。老頭児《ロウトウル》（中国語で老人のこと）になって前歯が二本欠けていた。

引揚げが決まってから、トミーは残った家財道具一切と共に、中国人の妾となっていて帰国できないすず子さんに貰ってもらうことに決めた。荷造りの最中も彼は自分の箱から出て来なかった。すべてを知っている様に目がぬれていた。

「さよなら、トミー」

家を出るとき私が抱き上げると、私の顔をペロリと一なめして横を向いてしまった。そしてどこに行くのにも必ず先に立ってついて来てたのにその日は箱から出ようともしなかった。何もかもわかっていたのだろう。理由はともあれ自分たちだけ喜々として日本に帰ろうとする身勝手な人間たち。彼はうらんでいたことだろう。私はそれがとても心残りだった。

「ごめんネ　トミー」

うっすらと照らし出された社宅街の出はずれで、もう一度トミーの名を呼んだ。

それから三十年後、残留で、五、六年帰国のおくれた岡田さんの喜代ちゃんに逢えたので、トミーのその後を聞いた。

すず子さんに連れてゆかれてもすぐに逃げ帰って来て、誰もいなくなった四番地の社宅の廻りをうろうろとしていたそうな。僅かに残った残留者からいくらかの食べ物は貰っていたらしいが、犬の十歳といえば七、八十歳の老人と同じらしい。どこかでのたれ死をしたろうなと胸の痛む思いで、その話を聞いた。

二、収容所

神明会館の焼け跡を左手にながめながら、五号電車の通り道をトラックは走る。

「母校よ　サヨウナラ」

これが見おさめの校舎にも別れを告げる。南向きの家事室、三階の三松の教室、思い出一杯の学び舎だった。

連れて行かれたのは、日出町に新築されたばかりの、実業学校の校舎の第二収容所だった。おびただしい荷物を持ったb団の検査はなかなかはかどらず、講堂に運び込んだままで一夜を明かした。

ソ連側の検査のすむまでは荷物のそばから動く事も出来ず、みんな荷物に寄りかかって、うつらうつらとねむった。三月とはいえ夜になるとしんしんと冷えた。

「こんな事をして、ソ連兵は一体何してるんだ!!」

「労働組合はどうした」

人々は口ぐちに叫んだ。赤ん坊の泣き声、幼児のむずかる声、ねむれない夜は実に長く感じられた。

翌日検査がすんで、収容所の教室の片すみに坐れたのは午後三時すぎ。検査がまた傑作だった。

四人家族に布団袋大の梱包十七個。

「ちと、多すぎる」と覚悟はしていた。順番が来て、検査室に家族四人と十七個の荷物が押し込まれた。

とたんに一つの包みがほどけて、中身がゴロゴロと若いソ連兵の検査官の前に転げ出た。

幸か不幸か父の仕事道具の金切り鋏、ヤットコ、ペンチ、金づち等などが四散した。それをあわて拾おうとした母が足もとのバケツにつまづいて倒れた。母の持っていたお釜が投げ出された。

「あれよ　あれよ」とドタバタ喜劇の映画そこのけ、大きな笑い声とソ連兵の一声。

「何て言ったんだろう」

家族四人がキョトンとしている間に反対側のドアーが開いて、青年部が荷物をはこび出し始めた。

「もういいの？」

通訳の谷さんが
「ガラクタばかりだってサ」

と笑った。かくして大笑いのうちに我が家の十七個の荷物は無事検問所を通過することが出来たが、団のほとんどの人が荷物をほどかされて、ソ連兵好みの派手な和服はとられたとか、

「Ｉさんは裸にまでさせられて、着物を四十七枚と宝石をみんなとられたそうよ」

という噂に私は初めて同じｂ団に入っていることを知った。が、なにはともあれ私たち一家にとって実に幸運なドタバタ騒動だった。

「うまく道具の包みがほどけてよかったな。静枝の着物の包みだったら大へんだった」

父と母はくり返し言っていた。私の和服だけは嫁入り道具だからとハラショでは売らせなかった母にしてみれば、最大の安堵だったらしい。その日運動場の荷物置場でひょっこりＩさんにあった。

「あら、あんたも帰るの？」

いろいろの噂の主だけに、私はつい、あんたも……と言ってしまった。

「あんたもって何さ。わたしだって帰るワョ」

着物も宝石もとられて腹立ちの最中だったのか彼女もつっけんどんだった。シベリヤお文とかロスケの工場長のナントカスキーの妾だとか、とかく派手に浮き名を流していた彼女。

昔は女学校のクラスメート、松組の三羽烏といわれた仲が哀《かな》しかった。

収容所の三日間は実に忙しかった。ゆっくりと母たちのいる我が家のコーナーに坐れるのは食事の時だけ、それも
「飯あげ!!」

の声では分配に使われる。そして食事の跡は次の食事の用意にジャガイモの皮むきが待っていた。スターリン給与の冷凍馬鈴薯の皮むきは辛かった。つめたくて手の指の感覚は全くなくなってしまう。

「つめたいネ」

「でも内地に帰られるのだから、やり甲斐があると思わない」

「今までみたいに、帰れる、帰れないで議論しているよりいいネ」

そう、私たちには希望があった。帰国という希望があった。

夜は夜で別室に集まって青年部の役員会、引揚げ対策を協議した。ここまで来たのだからあとはどうやっておびただしい荷物を埠頭に運んで船に積み込むか、動けない病人や子供をどうやって埠

頭まで連れて行くか、夜の更けるまで討議した。時おり労働組合本部からオルグが仲間入りして赤旗の歌を唱い、インターを合唱して気勢をあげたりした。

夜更けて自分の教室の部屋に戻ると、すし詰めの場は寝相の悪い人達の足や頭に占領されて体を割り込ませるすきもない。仕方なしに空き部屋の板の間にごろ寝する夜が続いた。

「いい思い出さ」

岩井さんの発言でみんな体を寄せ合って暖をとりながらねむった。今まで闘って引揚げを勝ち得た闘士という赤い考えの私たちには、男の女のロマンチックを感じ取る心のゆとりは全くなく、男と女の甘い感じは不思議と湧かなかった。「ただただ　内地に帰ることのみ」

二十二歳の春だった。

三、引揚げ船

引揚げ船「恵山丸」が日の丸をはためかせながら入港して来た。

「船だ、船が来たぞ!!」

岩井さんの声に、みんな抱き合って泣いた。この日をどれだけ待ったことか、そのいかに久しかったことか。日の丸が目に痛かった。

私たちb74団はその前日の朝、収容所を出た。再び会社から回してくれたトラックが荷物を埠頭まで運んでくれた。元気な人たちは雪の道を歩いて一歩一歩埠頭へ進んだ。私は付き添役で、村山さんの赤ちゃんを背負って三歳の淳子ちゃんを抱いてトラックに乗った。その日の午後には船が来ると急がさせられて慌《あわ》ただしい出発だった。行きなれた埠頭の待合室を通り抜けて、寒ざむとした倉庫の前で待てども待てども遂にその日は船は来なかった。冷たい海風に残りの雪が舞っていた。とうとう夜が来てつめたいコンクリートの床に蹲《うずくま》って一夜を明かした。吹きさらしの寒さの中で二人の病人が亡くなった。「船、船が」と最後まで船を待って遂に船を見ないで逝った二人の遺体は、泣き叫ぶ家族から奪い取られる様にしてどこかに運び去られた。

「もう一日船が早く来てくれたらねえ」

みんな口々にそう言って悲しい別れをした。

「恵山丸」は貨物船だった。上から覗《のぞ》くと気が遠くなりそうな船底、そこがb74団の船室だった。広々とはしているが窓も何もない。裸電球が鈍く光っていて夜と昼との区別が全くつかない。「こりゃ海の中に潜っているみたいだ」。誰かの声でどっと笑った。しかし誰も文句を言う人はなかった。「帰れさえしたら……」

みんな帰りたい一心だった。

「荷物は全部むこうの船倉に積み込みましたから安心して下さい」

青年部長の八山さんの声にどっと拍手が起った。鍋、釜、バケツに至る家財道具を持ち集まった

b団の人々は、自分たちの手で荷物を動かす事もなく、無事に全部船まで積み込むことが出来たのだ。組織の力という事を労組の赤い学習でくどくどと教えられたが、今にしてその組織の力の偉大さをしみじみ思った。誰もが個人で動かしていたら、もうどうにもならない程の荷物だった。

寄ってたかっての協力の尊さが胸を打った。青年部はアカの手先だと決めつけて、毎晩の様な集会に苦い顔で文句ばかり言っていた親たちに、初めて笑顔が見られた。若い力の集団「青年部」、実に有り難く貴重な存在だった。

船底に筵《ムシロ》を敷いただけの上に私はごろりと転がると、急に全身から力が抜けてしまった様な気がした。三月二日霞町の社宅を出て以来ろくにねむっていなかった。うとうととして気がつくとエンジンの音がする。地獄の底から這い上るような急な梯子段をよじ登って甲板に出てみた。船の拡声器からは「蛍の光」の曲が流れ船はもう岸壁を離れていた。ソ連兵が数人ならんで手を振っていた。港湾労務者の井手口さんの弟の修ちゃんの姿も見えた。

「おさむちゃん、姉さんによろしくネェ、サヨウナラ」

私は声を限りに叫んだ。修ちゃんは聞えたのか帽子を振った。

「サヨウナラ」

私は大連の町にも叫んだ。九つの年から十数年住み馴れた町大連、乃木町から北大山通り聖徳街、山手町、霞町、家もよく変った。そこを今追われる様に船出する現実はたまらなく悲しかった。

「戦争さえなかったら、戦争に負けなかったら……」

私は大連の町に別れを告げたくなかった。四季の思い出が頭の中をかけめぐった。

「私のふるさと」そう思いたかった。二度と再びかえることがあるのだろうか。

「石をもて追はるるごとくふるさとを出でしかなしみ消ゆる時なし」の石川啄木の気持を想った。

あれ程に帰国を願い、引揚げを待っていたのに、今大連を遠ざかる船にあって、拭っても拭っても頬《ほほ》を流れる涙、何という矛盾だろう。そうした心の矛盾がやるせなく、私はまた泣いた。

「何だい、大崎さんらしくないぞ」

雑のうを抱く様にぶらさげた青年部の同志の八山さんと穐山さんだった。

――耳をすませば　ふるさとの

岸辺を洗う波の音――

穐山さんの歌声にみんな続いていつの間にか甲板一ぱいのコーラスになった。今までいつも風月堂の二階での青年部の集会で口ずさんだ望郷の歌だった。大連生れの大連っ子が、まだ見ぬふるさとを望郷の歌としてうたいながら、今日の日を待ったということすら何とも矛盾しているのだが、それを考えようともしない若者たちだった。

船は波止場を出て船足を早めた。線となり点となって遠ざかってゆく大連よ、

「さようなら」

私はもう一度叫んだ。


「引揚者の皆様、御苦労様でした。これから佐世保まで、私たちが御案内します。内地ではみな、皆様方をお待ちしています。もう御安心下さい」

の船内放送にやっとほっとした。毎日泣いてばかりいた母の顔にも明るい笑顔があった。

「これでよかった」

私はふと思った。

「日本に帰っても職もなければ、たべるものもない。そうした所に帰って君たちどうする気なんだ」

労働組合の土岐委員長の口ぐせだったが、船内放送のあたたかい口調には、労組のいう祖国の窮乏はどうしても感じとれなかった。船員たちは明るい声で「りんごの唄」をうたっていた。

——赤いりんごに口びる寄せて
だまって見ている　青い空
りんごは何も言わないけれど——

「教えましょうか？　日本で今流行しているうたですよ」

と人なつこく話しかけてくれる船員さんもいた。これ幸いと私は聞いてみた。

「南の島の兵隊さんも、もう帰っているの？」

「ああ、南はもう大体帰ったんじゃないですか。北満はソ連にやられたようで、まだですけどね」

これだけ聞いたら私はもう満足だった。フィリピンから彼は還っている。そして私を待っててくれる。港まで来てくれるかしら？　いつ帰るとも知れない私を待っててくれるかしら。逢ったら何
と言ってくれるかな。きっと私、泣くだろうな。

次から次と空想して船足ばかりが気になった。

船の中では「飯あげ」の手伝い以外は青年部の仕事はなかった。それに船出した夜から私は船酔
いでほとんど寝たきりだった。船には自信があったのに、何故か頭があがらなかった。

「疲れと寝不足よ」

と母は言ったが、私にはもう一つ気にかかる事があった。それは埠頭の倉庫で一夜をあかしたとき、
となりのb75団の佐藤さんの言った事だった。

「地区青年部の幹部はアカだって言われているだって。そしてネ、船に乗ったらつるし上げされ
るんだって。アメリカ軍のブラックリストにも名前がのっているんだってよ。どうする？」

と佐藤さんは言った。彼女は元教員で、地区青年部では宣教部長をしていた。

「でも私たちアカじゃなかったでしょ」

「それをアカだって言われるからシャクじゃない？　私もうこんな仕事やめた!!」

彼女は左腕に巻いていた役員の腕章をはずして投げつけた。そして私もはずすと二人で夜の海にそっと捨てに行った。

「つるしあげなんて、とんでもない」

そうした気持がよけいに私の頭を重くした。

船倉のまん中の広場では、毎晩、演芸かくし芸大会が開かれた。祖国までもうあと一歩の所まで来たという安心感が、みんなを陽気にした。

「大崎さん、来いよ。寝てばかりいないでサァ。婦人部長、だらしネェゾー」

「耳をすませば、歌おうよ」

八山さん、穐山さんらの、この間までの仲間が何度呼びに来ても、もう私は動かなかった。じっと目を閉じて復員した彼との今後の生活を考え、空想していた。敗戦国にもう職業軍人じゃああるまいし、彼は何をするだろう。

昔研究所の頃、将来の夢を聞いたら
「まあ、検車区の区長かなァ」

と彼は答えた。国鉄に入るだろうか。田舎で小学校の先生も悪くないなァ。彼の父も妹もそうであった様に。

——耳をすませば　ふるさとの——

なつかしい歌である。風月堂の二階がふと思い出される。引揚げの祈りをこめてみんなで唄ったっけ。私は寝たままでみんなの歌声を聞いていた。とても複雑な心境だった。うれしいのか悲しいのか。

「船が着いたら、一郎さんが待っててくれる」

そうした想いばかりが去来した。それは永い間夢見て、そして耐えていた想いだった。私の生甲斐のすべてだった。

船は祖国へ一歩一歩近づいて行った。

船が港を出てから、二等船倉でまた一人が亡くなった。なきがらは、船尾から、するすると玄界灘に投げ込まれた。水葬、生れて初めて見る光景だった。まだ若いママ、死因は知らない。なきがらにすがりついて「ママ、ママ」と泣いていた女の子の声が切なかった。

四、長崎県佐世保市針尾

ただ一つ白き寝棺もまじりつつ上陸の列船より続く

皆黙々として一列になって石ころ浜を歩いた。祖国の土を踏んだよろこび。夢ではないのだ。みどりが目にしみる。祖国の自然が、風景があたたかく私たちを迎えてくれる。

船が港に入ってからもまた一人亡くなった。行列の一番前を寝棺がむき出しのまま、かつがれてゆく。船の中でも、いくつかの水葬があった。祖国の土に葬られる人はまだ幸せというべきだろうか。それにしても生きて祖国の土を踏めた私たちはもう最高に幸せ者、私はその時、これからの苦難のくらしのある事など考えられなかった。小高い丘の上のバラック建の検疫所でＤＤＴの白い粉をワァッと頭からかけられてまた上陸用舟艇に乗せられた。

三月十一日、祖国はすっかり春だった。やわらかい陽の光をさんさんと浴びて、舟遊びの様な錯覚さえおこした。

「島が美しいぞ」

舟べりにのび上った男の人々は口々に叫んだが、いくらのび上っても私には見えなかった。その舟の着いた所が、元の兵舎を改造した針尾の収容所だった。そこの十号舎に私たちは入れられた。十七個の荷物も恵山丸からまっすぐ運ばれて、男子の青年部の人たちの手で個人別に整理されて私たちの到着を待っていた。

今まではいとも順調に運ばれた引揚げも、佐世保の援護局に来て始めて大連の労働組合に騙《だま》された事を知った。一人千円の軍票は帰国後日本のお札に交感してくれると聞いていたので四人分四千票を用意して持参していた。それが大連の収容所で検査時の講堂に、労働組合員と名乗る人々が帽子を持って回って、軍票は持って帰ってもただの紙切れにすぎないと集めにきた。もし隠し持っているのを見つけたらｂ74団全員を帰国させないと威《おど》し文句を叫び続けた。たいていの家族がしぶしぶと軍票を出した。我が家も団全員に迷惑がかかったらすまないとの父の一言で手持ちの四千票を全部汚れた帽子に投げ込んで、無一文でここまで来たのだった。しかし隠して持ち帰った人もあって、それは当然のように援護局で換金されている。地団駄ふんで悔しがっても、もうおそい。

「何てこった。娘を労働組合に働きに出しておいて、だまされてりゃ、世話ないや」

お人好しで金銭に執着心のない父はひとごとの様に笑ってケロリとしていたが、母はくやしまぎれに私に当りちらした。

「静枝にもあきれるよ。中にいたらこんな事ぐらい判りそうなものなのに」

私は板の壁に寄りかかって膝小僧をかかえたままだまっていた。くやしいともしゃくだとも表現のしようがなかった。

そういえば、たしか一月分の給料日、夜おそくまで沼宮内さんと計算してたが、どうしても足りない。どうにも困って経理部にこわごわ相談に行った。叱られる事も、私の給料から差引くことも覚悟していた。だが経理の人は

「ああ足りなくなったの？　じゃあネ今日はもうないから明日の朝おいでよ」

と事もなげに平然と言った。大いに感謝感激、翌朝行ってみると、ゆうべは空っぽだった金庫の中に、くしゃくしゃの軍票が雑然と投げ込まれていて

「はい不足分……」

と紙切れでもつかむ様にその中から出してくれた。今にして思えば、収容所の引揚者をだまして、おどして在り金ごっそり巻上げて、それが翌朝、組合の金庫に入っていたという仕組みらしい。何たるこっちゃ。働く者の味方と唱えながら帰国する人々をだまし、欺《あざむ》くなんて許せないと、以来私は共産党は大嫌いになった。信用出来なくなった。大連のどさくさまぎれの共産党と日本の共産党とは違うと息子は言うが、私はあの時の悔しさは一生忘れない。死ぬまで許せない。味方をあざむいたケシカラン集団という思いは消えない。

「五十銭でいいから、ほしいナァ」。と切実に思った。電報料金が三十五銭、私は佐賀県と聞いていた江頭さんに連絡したかった。生きてるか死んでるかは解らない。でも電報を見たらきっと来てくれる様な気がしてならなかった。

その頃彼も引揚げ列車が通る度に神埼駅まで行って

「大崎さんを知りませんか」

とたずねていたと後から聞いた。

「大連もソ連兵にさんざんだったから果して無事におかえりかどうかね」

と無責任な事を言う人もいたとか。

同じ団の隣りに寝ている佐藤さんの所に、唐津から面会人が来た。電報を打った翌日の夕方だった。まっ白な銀めしのおにぎりとむし芋を風呂敷一杯持って来ていた。

「三田川村って遠いのですか」

私はその人に聞いてみた。

「唐津よりは東ですが、唐津と違って本線沿いですからネ。唐津から来るより早いでしょうよ」

その返事にますます電報代三十五銭のない文なしがくやしかった。

「あの人だったら、きっと来てくれたのに」。私はそううぬぼれていた。しかし人にお金を借りるのもいやだった。じっと唇を噛んだ。

収容所の事務所の壁には、先に引揚げた人、復員した人の伝言が「尋ね人」として沢山貼ってあった。「もしかしたら」私は時間をかけて一枚づつ祈る気持で見て廻ったが、江頭さんの名前も私宛のものも全くなかった。

「まだ帰ってないのか、戦死で帰れないのかだ。復員してたら、こんな事にはぬかりのない人なんだから、連絡しない筈がない」

私の心の片すみに何かしら一つひっかかっていた。

「南方からの復員者でここに上った人なら名簿がありますよ」

一緒に引揚証明書の仕事をしてた事務官の人が部厚い書類の中から、「比島復員」を探してくれたが、高久一郎の名は見当らなかった。

「ここの他にも、宇品にも、横須賀にも帰ってますから、そちらかも知れませんネ」

若い事務官は気の毒そうにそう言ってくれた。

敗戦の声を聞いたけど、一郎さんに逢えるとそれだけが生甲斐だったのに。そしてやっと帰って来たのに前途に一抹の暗いかげを感じた。

収容所に入った翌日から私はまた忙しくなった。一人百円の手当ての支給申請、引揚げ証明書の記入作成にひっぱり出された。帰国手続のすんだ団から帰国出来ると聞いて、私たちは夜十二時すぎまで引揚証明書を書いた。母が亡くなるまで袋の中にしまっていた我が家の引揚げ証明書に、当時の私の下手くそな字がうすれかけて残っている。字が滲《にじ》んでいるのは涙のあとかも知れない。夜更けて十号舎に戻る道すがら仰いだ針尾の星空は美しかった。星がいっぱいだった。

三月十六日、針尾橋を渡って「南風崎《はえのさき》」の駅から汽車に乗った。十七個の荷物を四人分の座席の所に積み上げたら人間の乗る所がなく、仕方がないからみんな荷物の上に這い上った。頭が天井につかえるので、みんな腰を曲げて網棚に腰かけた。すっかりふくれあがった引揚げ列車に
「こんなに荷物の多い引揚げ者見たことなかよ」

と駅員さんがため息をついていた。窓を荷物でふさいでしまっているので、昼間もにぶい室内灯だけ、外の景色など全く見えない。トイレに行くのも一苦労だった。

大部走ったと思われる駅で私は意を決してデッキに出てみた。「鳥栖《とす》」だった。夕ぐれが近かっ

た。

「たしか江頭さんはこの辺りだが……」。私はうろ覚えの彼の住所を、雑のうの中に後生大事に持って来た満鉄の履歴カードでたしかめた。これは引揚げの始まる少し前、車輌の勝井さんがわざわざ霞町の社宅まで持って来てくれたものだった。

「この二枚は君が持って帰ってやれよ」

と例のニヤケた調子で差出した。高久一郎、江頭正登の二枚だった。私は珍しく素直に受取った。内地に着いたら手渡そうと楽しみでもあった。

関門トンネルを過ぎて本州に入ると夜が明けた。九州横断だけで丸一日、ゆっくり走っている。「徳山」から半田さんが乗り込んでくれた。出発の朝、百円もらって電報を打った。

「しいちゃん、がっかりしたらいけないよ」

彼は私の顔を見るなり言った。

「やっぱり」

私は泣き出しそうになった。

「まだ帰ってないんだって。だけど望みなきに非ずサ。元気をお出し」

彼が帰国後すぐ栃木の父に問い合せてくれた結果の返事だった。半田さんの差入れのおにぎりものどを通らなかった。彼が帰ってないなら私も帰って来るんじゃなかった。

「フィリピンの山下大将は自決したんだって」

とつけ加えた半田さんの言葉は私の心を一層暗くした。

「山下大将と一緒だ」とあった最後の便り。とうてい生きているはずがないと、不安はつのった。

汽車は私の暗い心をのせて東へ東へと走っていた。

「大府」(愛知県名古屋市)着は夜中の十一時すぎだった。一分停車の駅で十七個の荷物をどうやったらおろせるか、名古屋をすぎるとまた一つ不安が加わった。私は意を決して、停車と同時にホームの一番後に立って発車のあいずをする駅長さんの所に走った。そして
「荷物十七個おろしてしまうまで、汽車を出さないで下さい」

と哀願した。駅長さんは快く承知してくれて駅員を動員して手伝ってくれた。

もう武豊線の終列車は出てしまっていて、その夜は大府の駅の宿直室で、あかあかと燃えるストーブの側で休ませて貰った。人の情が身にしみてうれしかった。ただ一つ気になったのは壁にでかでかと貼られた「赤旗の歌」の歌詞だった。ここまで労働組合がと、とられた四千円をまた思い出してゾーッとした。

「この歌は労働歌じゃ」

若い駅員はケロッとしてそう言った。

荷物と私たちを残して、佐世保から旅をして来た引揚げ列車は、テールランプを赤く引きながら

遠ざかって行った。

　朝から何もたべていない事を思い出した母が腰の雑のうから糒《ほしい》を出して、ストーブのお湯をかけてくれたが、砂を噛むような味気ないものだった。もうくたくたに疲れていた。

　翌朝の始発列車に、大府の駅員さん総出で積み込んでくれた荷物と疲れ汚れた親子四人、通勤客の驚きの眼差《まなざ》しの中を半田駅（愛知県半田市）に到着した。一九四七年（昭和二十二年）三月十八日、大連の社宅を出てから十六日目の朝だった。コックリさんのお告げ通り。


　二〇〇七年三月で引揚げからちょうど六十年になる。四月のある日、三男の車でこの引揚げの思い出の地を訪れてみた。福岡から高速道路をゆっくり走って片道三時間。六十年前上陸用舟艇で祖国への第一歩を踏んだ浦頭の浜には「引揚げ第一歩の地」と黒ずんだ石碑が立ち、その石の下には一、三九六、四六八人の方々がこの浦頭の地に引揚げの第一歩を印されましたと刻まれていた。頭からDDTをかけられた小高い丘の上の診療所跡には、一九八六年（昭和六一年）に引揚記念資料館、平和の女神像引揚者像三体等が建てられて、「記念平和公園」と名付けられていた。資料

佐世保市浦頭引揚記念平和公園にて

館の一室には針尾の木の橋や、収容所の建物、援護局の一棟、収容所までの海路、陸路のパノラマを始め、収容所の全景の写真、引揚げ者の服装、持ち物リュック等が展示されている。

小高い丘に立つとあの日の白い柩を先頭に黙々と歩いた砂浜がよく見える。しかしもうあの頃の浜の姿はない。立派な片側二車線の国道二〇二号線が通り、そのむこうには「船舶工業会社」とその倉庫が二棟、海を遮《さえぎ》ってしまっている。桜吹雪の高台から海を眺めていると、タイムスリップした昔が思い出されてただただ悲しくなった。あの時の父も母も、もういない。私も妹も自分たちより背丈の高い孫たちから「おばあちゃん」と呼ばれるようになってしまった。

針尾の収容所や援護局の跡地はオランダをまねた欧風の街なみの「ハウステンボス」になって、ホテルも二頭立ての馬車もすっかり日本の中の外国になってしまっていた。あそこは何年たとうと、針尾の収容所と私の胸の中にしまっておきたい。無理なことかも知れないけど、戦争のまっただ中に生きて来たものの忘れられないロマンの地である。

線となり点となりつつ遠ざかる
　大連の街を船に見つめる
引揚げの船より海に葬りたるなきがら

幾つまなうらにあり

玄界灘に青酸加里のカプセルと
　吾が青春を共に捨て来し

ただ一つ白き柩もまじりつつ
　上陸の列海よりつづく

つい昨日の想ひに立てり浦頭
　引揚げ上陸第一歩の地

戸惑ひを夢に結びし収容所
　いまどのあたり「ハウステンボス」

ぼろ靴に渡りし針尾の板の橋
　ハウステンボスこの門あたり

佐世保市浦頭引揚記念資料館にて

どん底

一、薪拾い

「姉ちゃん、もう帰ろうよ」

美奈子は、さっきから何度もそうくり返し言っていた。

私も胸が一杯で、舟着き場の海がぼやけて見えた。腕にかかえた雑木に目を落すとまた悲しみがこみ上げて来た。潮の香の高い海風は私たちの髪にまだ冷たかった。私たち姉妹はその日の夕食を炊く薪を拾って海べりを歩いているのだった。

「夕方までには薪もたべ物も持って帰るからネ」

と、朝、そう言って何枚かの衣類を抱《かか》えて、知多湾のむこう岸の新川町に母の姉をたよって行った母が、とうとう最終の舟でも帰って来なかった。伯父の家の二階にころがり込んでもう十日になる。

あれだけ待ちわびた引揚げも、歌にうたったふるさとも、私には決して住みよい所ではなかった。

栃木の父からは、やはり彼の未帰還が伝えられた。しかし戦死でも戦病死でもない、あくまでも未帰還でまだ少しばかり希望があった。

1947年４月１日撮影

母が一番たよりにしていた祖母は、やはりコックリさんの言った様に、終戦の年の暮、新川町の臨港線の貨車に轢《ひ》かれて両足を切断され、ダルマ同様の姿で伯父の家の二階に転がされていた。食事、排泄すべて伯父が無表情に世話をしていた。伯母や娘の姿はなかった。

私も妹も見て見ぬふり、どうして優しく世話したり、話しかけてやらなかったのだろうかと、今になって悔まれる。三男がうまれる一九五六年（昭和三十一年）に亡くなっているから、祖母のダルマさん生活は十年あまり、いつも十八人孫がいると自慢してた祖母をいたわる孫は一人もいなかった様である。孫とはそうした存在のものだろうか。今頃反省したってもうおそい。もともと板前だった伯父も、もう末広の板前をやめて化粧品、煙草、小間物の店一本にしていた。そこに私たち四人と十七個の荷物が転がり込んだのだから大変なめいわくだったろうと今思う。伯父も伯母も、従妹たちも、お人好しなのか腹黒いのか決して悪い顔はしなかった。が持って来た十七個の荷物には大いに関心があった。

「あれだけ持ってりゃひと財産だ」

とみんなが言った。母は母で嫁入り前の娘を二人かかえて、出来るだけ売りたくない、へらしたくないという気持が一杯、狐と狸の化かし合いの様な腹のさぐり合いを感じた。

「内地に帰りさえしたら仕事はいくらでもあるさ」と、自分の腕に自信を持っててノンキにかまえていた父も五七歳の停年すぎの年齢では、おいそれと雇ってくれる所はなかなか見つからなかった。復員失業者が街にあふれた時代、私と一緒に面接に行った昔の中島飛行機製作所、その頃の富士産業も、年をきいただけで断わられてしまった。私たちより先に新京から引揚げて「三和織機」の工場を経営して社長の椅子に収まっているいとこが、大連では霞町で同居していたので、母は新川の姉の息子でもあり、その頃もう三十歳を越えた男ざかり、「大連では、あれだけ世話をしてたんだから」と頼って当然と思ったらしい。金策から父の就職といろいろ依頼したらしい。いとこも否とは言えない義理から、自分の会社に父を入れてくれて助けてはくれた。

ある日、川べりの散歩に私を誘い出すと、こう言った。

「しいちゃんが女だから仕方がないけど、叔父さんの働き口は俺の所でひきうけるけど、あとはあんまり人を頼ったらいけないよ。しいちゃんももう二十三だろう。男だったらもう立派に親をたべさせられる年だ。女だからって、あまり人の情に甘えちゃあいけないナ」

それはそうだろうけど、私はカチンと来た。

「静枝は大崎さんの子じゃないんだから、ちいとは遠慮しなきゃ」

とずっと言ってた伯母、その息子が、なんで本当の子じゃない私一人で親をめんどう見れと言うの、知らないワョ。

「誰もたよりにするものか」。私はいとこをにらみつけながら、心に誓った。

父にも母にも誰にもその事は話さなかったが、私はその日から、変に意地悪な娘になった様な気がする。嫁入り前の娘がかわいくないね。一郎さんが聞いたらきっとそう言うだろなと反省しながら腹を立てていた。

「ねえちゃん、薪は裏の倉庫に沢山あったよ。伯父さんに言って今晩の分だけ貰えばいいじゃないの。みな子こんなもの拾うのいやよ」

川原に流れついた枯木を拾って歩く私に、美奈子は何度もこう呼びかけた。それも仕方のない事だろう。生れてから十五、六年、何不自由のないお嬢様で育って来た子である。私だって大連では、ガス、水道で、薪で煮物をする経験はなかった。こんなもの拾いの真似《まね》はプライドが許さない。でも頭の中ではいとこの言葉が渦巻いていた。

「ダメよ、伯父さんに薪を下さいなんて言いたくないもの」

「じゃみな子が言うから」

「ダメったら。人を頼ったらいけないの」

「ねえちゃんの強情っぱり。わたしはもういや、帰る」

美奈子は半べそをかいて帰ってしまった。

「強情っぱり」。たしかにそうだ。

「のたれ死したって、誰にも頭をさげて頼りにするものか。みんな落目になると寄ってたかって意地悪して」

私は一日一日ひねくれて、意地悪な考えの自分になる事がとても悲しかった。

二、生きていた

江頭さんは生きていた。四月二日、朝食の最中に
「しいちゃん、速達よ」

階下から文子の声がした。「一郎さん!!」　私は階段をころげ下りながら、一郎さんの顔がふと浮んだ。

「佐賀県からよ。この人誰。しいちゃんの彼氏?」

おしゃべりの文子に返事をせずに封筒をひったくる様に取ると二階に駆け上った。

部厚い速達は江頭さんからだった。三月中旬伯父の家に落着くとすぐ、広島のピカドンで生死のわからなくなってしまった彼の本籍地三田川に葉書を出した。それから、一週間、十日、待てどもまてども彼の返事は来なかった。

「やっぱり原爆で死んでしまったんだ」。私はあきらめて、もう返事をたのしみに待つ事はやめようと思った。そうした矢先だった。

「生きていた」

彼はちょうど、ピカドンの日、○レの舟（旧陸軍の特攻用ベニアボート）を下関の海に隠そうと出

張していて生命びろいをしたとか、終戦の年の九月初め、原隊の兵舎がなくなって海田市の駅に間借りをしていた彼等はその直前少尉になったばかりの彼が輸送指揮官で一番早く復員したとか、田んぼのまん中で仕事もなかった彼は「有明海の干拓」の仕事に行って留守をしてたので、私の手紙を今日まで知らなかったと書いてあった。

それでも彼は彼なりに、私の事を気にしていたらしい。大連からの引揚げが始まってからは、引揚げ列車の通るたびに駅に行って、私の名前を呼んで、さがしたとか。

「沙河口方面は特に暴動がひどかったから、おそらく無事には帰って来ないでしょう」とひどいデマをとばす人もいたとか、その日から彼は私の生存を期待することをやめたそうで、私の葉書を、地獄からの便りかと思ったそうである。床下に大きな穴を掘ってかくしてくれた父母の愛がなかったら、私も妹も生きて帰れなかったかもしれない。

「兵隊のときも君からの便りが一番多かったし、一番楽しみだった。今度も君の詳しい便りが一日も早くほしいから、今から一里の道を町まで行って速達にする。すぐ返事を下さい」

とながいながい巻紙の手紙は結んであった。

その頃の暗くすさんだ私の心にほのぼのとして一つの光を与えてくれた。一郎さんはまだ帰って来ないけど、私の帰国を待っててくれた人がもう一人いたという現実が、私はたまらなくうれしかった。彼はウソやお世辞の言える人じゃない。引揚げ列車を毎日たずねてくれた事も真実だと思った。大連市民四十万人、その中の一人のことをたまたま知っている人がいるとも思えない現実を思うと、純粋な馬鹿正直な彼らしいと思う。私もすぐ彼に速達の便りを出した。彼からの返事には「高久が帰ったら一度出かけて行きます。三人で昔話の出来る日を楽しみにしてます」とあって、また干拓の仕事場に戻って行った。有明海を干拓して一人何町歩かの土地を貰って百姓をするのだそうだ。夢みたい。

「三人が揃って大連の思い出話が出来るまで私も頑張って生きなければ」私にも一つの希望が出来た。私はもうメソメソしなくなった。意地悪根性も出さなくなった。内職の編物の手もリズミカルに動いた。

三、春

江川の堤の桜が春を告げる頃、私にも「富士産業半田工場」から採用の通知が来た。戦争中は「中島飛行機製作所」といって、乙川の海岸を埋立てて出来た半田工場である。飛ぶにとべない飛行機を作っていたそうである。

「なんぼ飛行機ばかり作ったって、塩水じゃとべないしさァ」と土地の人々は、ガソリン不足の日本をその頃までまだ悔んでいた。工場の中には空襲で無惨にこわされた飛行機の残がいが、うず高く積み上げられ、爆撃を受けた工場は鉄骨が折れ曲がったままの姿で潮風に赤錆《さ》びのまま残って、まだまだ敗戦の匂《にお》いがただよっていた。
「総務課、渉外係」、これが私の採用された職場。いかめしい守衛さんが控えている通用門のすぐ横に在る通称「三八《サンパチ》」という建物の一番奥が「社長室」、その隣り。社長は秘書を置かない主義で何でも私に言いつける。結局私は渉外と社長秘書と兼ねた形。「こりゃ大変」の職場だった。

伯父の所の二女美代子が戦時中からここに勤めていたので、そのつてで履歴書を出していた。三月下旬、数十名の男女の面接があった。その面接の日、選考委員の中で

「ほう、大連神明高女卒か。神明なら専門学校なみですよ」

と大声で言った人がいてびっくりした。入社後それは労働組合の委員長の高橋さんだったという事を知った。彼は大連一中に三年生まで在学したらしい。

「神明の娘は女王様。仰ぎ見る存在だった」

とずい分オーバーにほめ讃《たた》えてくれた。私も自分の希望は超エリート超ブルジョアの神明より市民的な弥生高女だったのに、無試験で、小学校の席次、１３５７と奇数番で神明になって泣いていたぐらいだから、そんな事は関係ないと思っていた。「満州の女子学習院」と自他共に言っていた女学校だけに、校則はうるさかったなァと今ふりかえる。自由奔放な女学生だった私はけっこう楽しい学生生活だったと思う。そんな学生生活の中で、四年生の秋、「支那語」の通訳の試験に合格した。

それを受けた理由は、英語が苦手で嫌いだった。ただそれだけの理由で受けた国家試験に合格した。「さすが神明」と校長先生までほめてくれた。それを履歴書を賑やかす為に「特技中国語」と書いたので、当時適任者がなくて手不足で困っていた、渉外係に専門学校卒の待遇で高給で採用されることとなった。当時半田工場も賠償工場の指定を受けてGHQの管轄下にあった。爆撃にも焼け残った五百四十台の機械はすべて賠償物資として登録され、アメリカばかりでなく中国も戦勝国の中に入っているので中国人の来訪も必至だと会社側もあわてていた所に特技中国語の履歴書は高給採用を惜しまなかったことはわかるが、「しまった!!」となったのは私だった。在学中検定合格の頃なら自信もあったが、卒業後、中国語を使わなくなってからもう久しい。もう自信など全くない。でも今になってそうも言えない。

「また、まったく初めから勉強しなおそう」

と決心した私は、毎日、「急就篇」を持って出かけて、昼休みに頁をくって昔の勉強のあとを、たどっていた。ドアをあけて社長がときどきのぞいては

「おとうさんを採用してあげられなくて、本当にすまなかったね。年が年だと労組の反対が強かったから……」

と、とてもすまなさそうに言ってくれた。佐分利信によく似た面ざしの優しそうな人だった。買いかぶられている心の負担はすごく、私には負担だった。

「ウソです。中国語もたいした事ないんです。英語は全くだめです」

大声でこう叫んでしまったら、どんなに胸が「すーっ」とするだろうと思った。しかし生活苦にあえぐ母の顔を思い出すと、一円でも五十銭でも多くのお金が貰いたかった。私はだまって会社側の好意に甘えて、ずるく生きることを決めた。

会社は埋立地にあっただけに、あちらこちらに水草の浮いた池があった。その水は塩水か洪水か知らないがボラが沢山いて、時々水面に勢よく跳ね上った。私は昼休みになると「急就篇」を持ってぶらりと池の端に出かけて行った。潮の香をふくんだ風が肌に心地よかった。滑走路のある広い工場の敷地。あめ細工の様に曲った鉄骨の赤さびが戦争の痛みをのこしているだけで、遠くにポンポン船の音が聞こえる静かな工場。私はうっとりと春の息吹きを楽しんでいた。一郎さんを待っているという希望が私の心を大きくふくらましてくれているようにも思えた。

親戚の冷たさに対する憤りも、雑穀ばかりの食事の味気なさも、すべて忘れさせてくれた。

私はその頃から北朝鮮の清津高女だったという文書係の智ちゃんと仲良くなった。智ちゃんは声楽家のように歌がうまく、私より二つか三つか若かった。彼女から会社内のいろいろの人のエピソードをあれこれ聞いたのも、このボラの跳ねる池のほとりだった。

智ちゃんは戦争中からこの工場にいただけに、老若男女の昔からの話にくわしかった。

四、戦死

（高久一郎さん最後の手紙）

新年を賀す
皆様益々御健闘の事と拝します
小生去る十三日宇都宮出発　福岡　沖縄　台湾を過ぎ　無事比島に着きました
途中天候悪く十三日に出発して十九日着きました
暑いこと〳〵ジバン一枚でも汗だくの態
島民皆　日本語を解しますが　標準語が英語なので全て英語です
満洲語が出て来て困ります
十九日より今日までアンゲレスと云う所に居りいよ〳〵マニラに出発します
其処には我が任務あり
任務の為に　一郎は立派に働き御奉公の道をつくします
遠く離れて居れど何等心配はいりません
日本男子の本懐とする所　悦んで下さい
大連には何も云ってやりませんが父上からよろしく伝えて下さい

寒さもひどくなります故　御身大切に
祖母　母　弟妹等によろしく
マニラまで約百粁　トラックで二時間です
今日まで幾度か米機のサービスを受けましたが間近に爆弾の音を聞くも
腹をすえたら　何等感ぜず　皆のんびり致して居ります
今日有って明日無き命を思えば　何等感じません
暑いのには困りましたが食事は良く自分で気をつけたら躰には心配ありません
物價は驚く程高く　卵一ケが二十銭
タバコ一箱四十銭円から　其の他おして知るべし、ここに来て金をつかう気が致しません。
今日マニラの軍司令部に行きます
今日は二十四日　明日はクリスマス
島民も大いにはりきって居ります
この暑さではとても正月の様な気が致しません
では時間がありませんからこれで失礼します　暮々も御身大切に
乱筆にて安着通知のみ
十二月二十四日八時

これは父親宛、大阪のジャーナリストの方に投函をたのんだもののようです。大連の静枝宛にも同じ様な手紙が来てそれが最後になりました。この手紙は引揚げのどさくさでなくなりました。

ミンドロ島カラバンに駐屯していた第百五師団（勤兵団）独立歩兵第三五九大隊（比島派遣威一〇六七二部隊　大薮隊　第二中隊（塩野中隊））に配属されて、この部隊は昭和二十年一月五日の爆撃で全滅したと小野田寛郎元少尉のゴーストライター、津田信さんからの連絡でした。

大岡昇平の『ミンドロ島ふたたび』という本では、一緒にミンドロ島に行った中隊の同級生山本繁一少尉は昭和三四年まで現地に居たとありますが彼は一緒ではないと確信します。中野の校友会誌に「戦死」ではなく「死亡」となっているわけはわかりません。

私が一郎さんの戦死を知ったのは、江川の桜がすっかり散って、みどりの葉かげからもれる光も何となくものうい春の終りだった。

「昭和二十年五月三十日　ミンドロ島カラパンにて戦死」

という公報が入った旨、栃木の父から伝えられた。

「うそ、うそよ。一郎さんが死ぬはずがない」

私は声をあげて泣いた。私の胸には面会の日の彼のたくましい軍服姿のみが去来する。今までただの一度だって、死んだなんて思ったことはなかった。信じられなかった。

私はもう何もかもいやになった。何のために一生けんめい生きて帰って来たのか。もっと早く知ってたら、終戦の日に死んでたかもしれない……。

私は何日も何日も悶え悲しんだ。こんなはずじゃなかった。浜松での面会の日もまた必ず生きて逢えると思って、わかままばかり言った。

二人の写真もいやと言った。ホームまで送っていらないと駅の改札口で別れた。みんなまた逢えてそうした機会に恵まれると思ってのことだった。

七月十日、彼の遺骨は故郷に帰って来た。その知らせで九日の朝、私は黒磯に急行して彼の帰りを迎えた。数人の従兄弟たちにしっかりと抱かれて彼は宇都宮から還って来た。

「俺が死んだって遺骨なんか帰りゃしないけど、泣いたり悲しんだりしたらいけないよ」

と言って征った彼の言葉通り、南の島ミンドロ島からは、なに一つ帰って来なかった。

こんな姿の一郎さんを迎えるなんて私は夢にも思わなかった。白い布で包まれた白木の箱
「陸軍中尉　高久一郎之霊」

と書かれた箱。ゆするとカタカタと味気ない音がした。私はしっかり抱きしめて泣いた。あんなに元気だった一郎さん。優しかった一郎さん。私はこんな姿のあなたを待っていたんじゃない。祭壇の上の在りし日の面影にいくら泣きごとをならべても、だまって私を見つめているだけ。長いまつ

毛のあなたの目が私に話しかけている。

「強くなりなさい。死んでも君の所に帰るって俺は言ったろう。ほら、俺はここにいるじゃないか」

おそらく、どうなって戦死したのか、しないのか確認出来ないのだと思う。

戦後三十年一人で戦って、一九七四年（昭和四十九年）三月奇しくもフィリピンから生還なさった小野田寛郎元少尉の手紙に

「訓練も充分でない補充兵ばかりで編成された警備隊（私の島でもそうでした）を指揮せねばならなかったことで、戦死より他に途がなかったのでしょう」

おそらく遺体遺骨の確認もなく、カラパンの山の上に在った部隊が、敵の空襲で全滅した五月三十日を戦死の公報の日付けとしたらしい。負け戦だったと伝えられるから、もっと早いかも知れない。どんな形で命が終ったのか全く想像もつかないが、即死のように苦しまないで死んでほしかったと、祈る気持だった。

最後の瞬間、静枝のことを想い出してくれただろうか。そんなゆとりはなかったろうか。

私もいろいろに考えた。箱の中は、カタカタと木切れの転がる音がしていた。それだけに悲しみの実感はうすかった。六十年たった今も一郎さんのことが忘れられないのは、彼が言ったとおり「死んでも静枝のところに帰る」のように、今も私のところに守護霊となって居てくれると思うか

ら。

「南の島では、たべるものも満足になくて、一郎が弱って帰るっぺと思ったから、山羊かって待ってたんだ」

と山羊の乳をしぼっている彼の母の後姿がとても辛い思い出だ。みんなが待っていた。みんなに愛されていた。それなのになぜ死ななければならなかったのだろうか。

私は、大東亜建設、八紘一宇、東洋平和、と数々の美句にだまされたと、みんなが踊らされた戦争がにくらしかった。

「何はともあれ、二度と再びこんな戦争はしたらいけない」

私は自分の心にくりかえし、孫子の末まで言い伝えたいと思っていた。

私は十五日までにGHQに出さなくてはならない報告書が気になりつつも、栃木の彼の遺骨と写真の前から立ち去りがたく、毎日ぼんやりと日を送っていた。私は魂のぬけがらの様な自分をしみじみと見た。何も考えられなかった。不思議と死にたいとも思わなかった。そうした私に彼の父は
「一郎はいなくなったけど、あんたはうちの娘の様な気がする」

としみじみ言った。そしてまた
「一郎は、あんたの幸せを願ってあの時結婚しないと頑張ったんだから、その一郎の願い通りに、早く幸せになっておくれ」

とも言った。私は初めて彼が私を心から愛するがゆえにどうしてもすぐには結婚しないと言って南の決戦場に飛立って行った気持がやっとわかった。彼だけのためなら、二日でも三日でも結婚生活を求めたかったろう。そして私がたとえ「未亡人」の刻印を背負って生き残ろうと、戦死してしまった彼には関係のないことだった。私は彼の本当の愛をひしひしと感じた。うれしかった。

「俺が死んだら誰と結婚してもいいんだよ」

と彼が入営前に大連の雪の道を歩きながら言ったように私は彼の亡き今、自由に誰とでも結婚出来る。彼がいかに私を愛していてくれたかを知ったとき、私はめそめそして彼をいつまでも思って泣いてたら「僕はそんなしいちゃん嫌いだぞ!!」と彼に叱られそうな気がした。強くなって彼がよろこんでくれそうな人を見つけて幸せな一生を送ることが、彼の愛情に応えるただ一つの生き方だと思えて来た。

その時から私は江頭さんの存在を真剣に考え始めた。

私が事々に

「江頭さん大きらい!!」

と言うと、彼は決って

「いいや、奴は口下手だがいい奴だ。俺と同じように仲よくしてやってくれよ」

と言った。兄弟のようだった二人、江頭さんなら一郎さんもきっとよろこんでくれるだろう。また江頭さんも私の気持がわかってくれて、一緒に一郎さんの冥福を祈ってくれるだろうと、考えた。

どうか中国人がむずかしいことを言って会社に来ませんように。

「不明白《プーミンハイ》（わかりません）」

「我不知道《オブチトウ》（私は知りません）」

「対不起《トイプチー》（すみません）」

この程度の中国語で渉外係にのうのうと居坐っている私なのに、会社の中では尾ひれ背びれがついて私の噂が伝わっていったようだ。

同じ時に面接試験を受けて、顔見知りになった男の工員さんが、ある朝、乙川の橋の上で追いついて来て

「あんた、工員さんとばかり思っていたら、三八の渉外で英語ぺらぺらなんだってナ。びっくりした」

と話しかけて来た。

「えっ!!」

びっくりしたのは私の方だ。その年に工員は男女若干採用されたが、事務所は私一人だけだったから人違いという事はなかった。人の口の恐しさをまざまざと知らされた。従妹の美代子まで

「しいちゃん、何も言わなんだけど、英語ぺらぺらだって？　うちの職場で評判なんよ。うちのいとこだよってていばって来た」

と言った。いやはや恐れ入りました。どうしよう。全くお手上げだ。

「どうでも言いたいように言ってくれ!!」

半分やけくそだった。渉外係は係長の上原さんと、畠中さんというハワイ育ちの二世と、私の三人きりだった。二世の畠中さんは新春に結婚したばかりとかで、東京に花嫁さんを残して別居中の彼は、東京のことばかりが気になって、私が入社した週末に東京に行ったきり、会社には戻って来なかった。

「東京には二世の仕事は山程あるんだから、こんな田舎の工場なんかに戻って来るはずがないさ」

と係長の上原さんは初めから諦《あきら》めていた様子だった。畠中さんも今までは自分がいなくなったら渉外係は上原さんだけになってしまうのでがまんしてたけど、英語が出来ようが出来まいが、女の子が一人来たから、さあチャンスとばかり逃げ出したらしい。

そこで今まで畠中さんが叩いていた英文タイプが全部私の仕事となった。英文タイプなんて生れて始めて見る。英語は二年間女学校で習っただけ。その英語がきらいだから三年生から学年でただ一クラスだけの「支那語」組を希望して無事卒業出来た私に、その日から横文字との闘いが始まった。

文書係には七名のタイピストがいたが、英文タイプの出来る人は一人もいなかった。賠償関係の外渉で係長は出張ばかり、その上ＧＨＱへの提出書類は山積みされていた。畠中さんが去ってからは、私には泣きたい様な日の連続だった。毎日退社時間後までタイプを叩いて、どうやら手は馴れたが、横文字にはほとほと閉口した。

学校の頃の英語の島崎先生のきんきん声が、再び耳のはたでうなる様な気さえした。英語もきらいなどと言わずにもっと勉強しておくべきだった。噂どおり英語ペラペラになりたいと痛切に思った。係長の上原さんは職場結婚の奥様と三歳になる坊やの三人ぐらしとか、実に優しい人だった。機械関係の英語のつづりを一字一字教えてくれた。そして

「中国語の通訳の貴女には、すまないと思っているのですが、なかなか英文タイプの出来る人がみつからなくてゴメンネ」

と恐縮され、私も穴があったら入りたい心境だった。

その頃戦後の日本は極端に電力事情が悪くて、ローソク送電、線香送電という事が毎日だった。夕飯時になると電灯がローソクや、ひどい時は線香ぐらいの光になる。もちろん新聞等の字も読めない。手紙をかくことも出来ない。でも工場は別だった。どうして、どうなっているのか知らないが、私はこれ幸に工場の英文タイプで仕事をしているふりをして、ローマ字で江頭さんへのレターを打った。

こんな事の出来る英文タイプは便利だなァと思いながら残業のふりをしていた。文書課長など、一人になった渉外の女の子が可哀そうに残業をしていると思ってくれたのか、

「無理しないようにね」

とわざわざ声をかけてくれた。引揚げ後悲しいばかりの思い出の中、うれしい、たのしい思い出の一つである。私も頑張ろうと元気も出た。

あまり口に出す母ではなかったが、一郎さんを頼りにして待っていたのであろう。彼の戦死の公報が入ってからは、毎日毎日泣き暮らしていた。兄姉のひややかな心根もプラスしていたのかも知れない。終戦後の大連のくらしから、よく泣く母だった。ある朝突然、母は

「目が痛くて明けられない」

と言い出した。

「あんまり泣くからよ。いいかげんにしてよ」

と意地悪くつき放して出勤したが、その日帰ると母はおそろしい高熱にうなっていた。

診断の結果は「青そこひ」とか、早急に手術が必要と、会社の近くの「新美眼科」に入院する事になった。病院側の心づかいで、六畳の和室を借してもらえたので、親子四人その病室に移って看病出来るようになった。

久しぶりに親子四人水いらずの暮しになれたものの、手術代、入院代、そして痛々しく両眼に包帯した母の姿には、私も暗い毎日だった。一日も会社は休めない。朝四人分の弁当を作ると、「にわかめくら」になった母の枕元に一人分おいて出勤した。父は武豊の工場に汽車で通っていたので帰りは毎日いつも暗くなっていた。美奈子はどうやら半田高女の四年生に転入出来て、ピアノのおけいこにすっかり夢中になっていた。私が仕事から帰るとうす暗くなった部屋で一人寝ている母の包帯がことさら哀れでたまらなかった。

「電気もつけずに……」

と言う私に

「どうせ目は見えないんだから、暗くたってかまわないよ」

と母は言ったが、一日中一人で本を見ることも出来ず、ラジオもない。両目を被《おお》った闇の世界の中で、母が何を考え、何を想っているのか、私にはわかりすぎていた。それだけに私は自分の心をいつわってでも、ほがらかな声を母の耳に送らなければと思った。然し毎日会社帰りの夕方、一たば十銭の葉玉ネギの束をさげて帰る私の心は決してほがらかにはなれなかった。住吉の学校の横に武豊線の踏切りがあった。私はそこに立止まるといつも想った。

「一郎さんのいなくなった今、この世に何の未練があろうか。いっそとび込んだら」

私のわずかばかりの理性が、それを食い止めていた。青竹をパチパチ燃やして夕食の「すいとん」

を用意しながら、私はいつも泣いた。露天に等しい病院の仮炊事場には、初夏の星かげがのぞいていた。私は、それがたまらなかった。美しい星空は彼との思い出につながる。しかしまたその星くずの中から

「強くなるんだよ。元気を出して。幸福におなり……」

と話しかけて来る彼の声も聞こえる様な気がした。静枝の幸せの礎《いしづえ》となると言った彼。

本当に日本の必勝を信じて礎石となる誇りを胸に死んでいったのだろうか。悔いはなかったのだろうか。私はそれが一番知りたかった。

前途ある若者たちを、教育の力でだまして死地に追いやった戦争を、とてもくやしいと思った。母の前では必要以上に明るくふるまう私に、死を想い、世をうらみ、運命をのろう、悲しい毎日が続いた。

ただ一つ、うれしかったこと、それは佐賀の江頭さんから干拓の海で取って干したものだという「うみたけ」が送られて来て、

「するめの様にあぶってたべなさい」

と手紙が添えられていた。それは悲しい毎日の中、かすかな光の様な気がした。貝の一部を開いて干したものだが、「するめ」の様に「かめばかむ程味が出る」「うみたけ」を親子でかじる時が、ほのかなしあわせを感じるひとときだった。

鴉根《からすね》

一カ月の母の入院生活から解放された私たち親子に明るいニュースが待っていた。

半田市の南西にある鴉根の山に引揚者の寮が出来るということだった。すっかり元気になった母とその噂の地をたずねてみたのは、六月のはじめ、電車の「ならわ」の駅から山に向う所に大きな池があって、「ボンボン」か「ブーブー」か食用蛙の声が聞えていた。だらだら坂が急に登り道になった山というよりも小高い丘といった所に、戦時中の青年訓練所があり、それを引揚げ者、戦災者の寮に改築中だった。

四棟あるうち、一号棟と二号棟にはもう改築ずみで入居者を募集中だった。私たち親娘はとびついた。電車をおりてから小一時間の上り坂も、伯父の家の二階住いの気苦労に比べたら問題にならないと思った。もうそこの事務所に入っていた次田さんも、やはり大連からの引揚げ者で、私が神明高女卒というと、

「こりゃいい人が見つかった。どうですか一つ交換条件にしましょうよ」

と私に小学校の先生の話を持ち出した。

この鴉根の山を東に下った所に「板山」という集落があり、各学年一クラスづつの小さな小学校があった。そこの教師が産休で一名不足している所にこの寮に百世帯からの入居者があったら板山校の先生不足は必至だし、寮の子供の引率、管理の上からも寮の居住者の中から一人先生がほしいということだった。その頃は全国どこでも女学校を卒業していたら代用教員の資格で採用される時代だった。次田さんは私の返事を無視してむりやり板山の校長先生の家にひっぱって行った。頭がつるつる禿《はげ》の校長は、年の見当はつきかねるが、日曜日の午後、英字新聞などひろげていた。もしかしたら、その英字新聞さかさまじゃないかったろうかと思える程に板山はのんびりした集落だった。

学校の中をひと通り案内した校長は

「当分の間三年生を受け持ってもらいます。富士産業には私から話しますから、すぐ履歴書を出して下さい」

とすっかり決めてしまっていた。その代りに翌日からすぐ、改築ずみの二号棟の一号室に入居が許可された。

「先生も悪くないじゃないの。勤めながら検定をとれば正教員にもなれるんだし……」

母もやっと安住の住家にありつけたことがうれしくて、そう繰返し言ってよろこんでいた。私もいくらか会社に未練はあったが、栃木の彼の父も妹も先生だから、先生でもいいなァとも思った。

「チイチイパッパの先生なんかいやよ」

と女学校から女子師範に行くことを頭から反対した私も、彼の亡きあと、一人で生きるためには一番長続きする職業かもしれないとすぐ履歴書を出した。「先生にでもなろうか」「先生にしかなれない」の「でもしか先生」と世の中ではあまり評判の良くない先生にである。

六月十五日、鴉根に移った。引揚げ以来三カ月ぶりに親子四人、たった六畳一間の部屋だったが、ほっとした。廊下の片方の端に共同の炊事場が、また反対側のつきあたりに大きな浴場があり、快適とまではいえないけれど、足をのばして安心出来る住居にやっとありつけた感じだった。まわりの丘陵地を畑にして自給自足だと母も農耕作業に出る様になって元気になり、何とか安定した日々が迎えられそうだったが、そううまくはゆかなかった。

代用教員の採用通知はすぐ来た。七月一日から板山小学校の三年生を受けもつようになっていた。しかし会社側は猛反対した。

「とんでもない。語学の出来る渉外係の人って、そうそこらにいるもんじゃないんですよ。今やめられたら会社は全くお手あげですよ」

と珍しく声を荒げて板山の校長と話している係長の上原さん、ついには佐分利信そっくりの社長まで出て来て、辞めてもらったら困ると言う。鴉根の寮の入居が交換条件だけに私もほとほと困ってしまった。

何日も会社と学校で押し問答がやりとりされたあげく
「寮を出られるなら会社の社宅を一軒何とかしましょう」
と会社側の高姿勢に
「では来春、妹さんが半田高女を卒業するまで待つ事にしましょう」
と校長が折れて、やっと解決したものの、何となく私は寮に居りづらくなってしまった。
ピアノが好きで小さい頃から音楽を夢みていた妹は、卒業前から板山小学校への就職が決って大よろこび、寮の中でも俄然人気が出て、次田夫妻に可愛がられた。それに反して私は
「あのお姉さん、ちょっとおかしいワヨ。いやに会社が力をいれているそうだけど、会社の偉いさんと何かあるんじゃないの」
と白い目で噂された。次田夫妻の腹いせのおしゃべりと知りながらも、私はくやしかった。
会社側の好意の社宅も、戦後の住宅難の時代、一軒家を空けることは実現不可能にちがいないと思っていた。だが全くの空論でもなかったらしい。
乙川の平地住宅に、造船職場の職場長の上野さんと、機械職場の職場長山川さんの二人の独身職場長が同居していた。その一人上野さんが最近結婚が決ったらしい。そこで上原課長は
「機械の職場長山川さんと大崎さんを結婚させたら、あの社宅が……」
と考えたらしい。山川さんは阪大工学部航空工学科出身で戦時中技術中尉として中島飛行機の半田

工場に来ていて、そのまま終戦後も住みついてしまった。私より四歳年上の満二十六歳だった。

上原課長は戦争中の工場内でものすごい恋愛をして結婚した職場結婚第一号ということはあまりにも有名だった。二人の間には洋ちゃんという五歳になる坊やがあり、愛情は降る星の如く……と手ばなしでのろける上原課長でもあった。しかしこの課長が何とか山川さんと私とのロマンを結実させようと計画していた事を全く知らず、寮の中の重苦しい空気と、まだ癒《い》えざる亡き一郎さんへの思慕に心から笑顔の作れない日が続いていた。新緑から夏の季節に移ろうとする南知多の山のみどりと海の碧とのハーモニーが私のただ一つのなぐさめだった。

鴉根の山までの道の両側の田にもみどりの濃い早苗が植えられて、田の面を渡る風にも初夏のすがすがしさが充ちあふれる様になったが、私の心は暗かった。そんな頃佐賀の江頭さんから
「佐賀に遊びに来ませんか？　うちは母だけで気がねするような人はいませんから……」

という便りが来た。プロポーズとも思えない、

「海か山に遊びに行こうというのかな」。江頭さんには私の悲しみがわかってくれる様な気がした。何もかもぶちまけて泣きたいとも思った。母は遊びとは思わない。お嫁においでと思ったそうだ。

「九州になんか、お嫁にやらないよ。九州のような遠くに行ってしまったら、病気をした時どうするの。それに今うちではあんたが一番たよりなんだからネ」

と猛反対した。そういえば、なぜだか知らないが、東京育ちの父はいつも、佐賀と山口の人間は大

嫌いだ。娘は江戸ッ子にしか嫁にやらネェ」といつも言っていた。栃木は江戸ッ子に入るのかなァ。

「あーあ」

山の窪地に一つぽつんと取り残された様な車井戸の金具が月の光ににぶく光るのをじっと眺めながら、私は一人ため息をついた。

変らぬ、美しい月夜だった。

情　炎

「よかったら、映画見に行きませんか？」

私は頭の上でボツリと声がしてびっくりしてタイプの手を止めた。社内でただ一人の独身職場長、女の子のあこがれの的といわれている山川さんだった。土曜日の午後、会社は半どんで、講堂では聖書講座が開かれ、ほとんどの人が出席して、広い総務の部屋は誰もいなかった。

「山川さん、聖書講座は？」

インベントリーシートの事で何度か渉外係にも来た事のある機械の職場長とはいつしか私も顔なじみだった。

「僕はネ、もう卒業ですよ。生れながらのクリスチャンでね、君こそどうして行かないの」

「私？　わたしはアーメン大嫌いなの」

「もったいないことを。天にましますわれらの神よ」

彼は胸のあたりで十字を切って笑った。私はその日初めて彼に誘われるままに二人で映画に行った。昭和十八年のお正月、一郎さんと二人で大連の中央館に行って以来、男の人に誘われて一緒に映画を見るのは初めてだったし、引揚げてから日本の映画を見るのも初めてだった。

上映されていたのは「情炎」。主演水戸光子の待ちに待ってたフィアンセが、復員後新しい恋人を作ってつつましく地味に待っていた水戸光子が裏切られて悶《もだ》え泣くシーンで映画は終った。私には、それが他人事とは思えなくなってしまった。

「なんで、なんで、なんで」

自分の事のように腹立たしく手ばなしで泣いた。

「何も珍しい事ではないよ。世の中にはよくあるストーリーさ」

と山川さんはケロリと言う。

「どうして、どうして永い間待ってた恋人を鼻紙みたいにポイッと捨てたりするのよ。それじゃ、あんまりかわいそうよ。そんな勝手な男の人、大きらい!!」

私はまるで山川さんが当事者であるように、くってかかって責め立てた。

「君ねぇ、そんなにおこったって、あれは映画なんだよ。小説と同じだよ」

と育ちの良さを丸出しにした、彼の悠長さがまたシャクの種子《たね》で、自分が主人公のように涙が出て仕方がなかった。戦死した一郎さんからそうした仕打ちをうけたような錯覚さえおこしていた。

「君にはまいったなぁ。僕、どうしたらいいの?」

お坊ちゃん育ちの山川さんが苦笑してオロオロする前で、私は手ばなしで泣いた。戦死した一郎さんに甘える様な気持もあった。

「誰かに甘えて泣きたい」毎日の想いがどっとせきを切って流れ出た涙でもあった。がその日から、私と山川さんの仲は急速に親しくなった。

それから数日して、私は名古屋のＧＨＱに書類を届ける仕事が出来た。渉外係とは名前通りに、県庁やＧＨＱ通いは頻々としていた。一番始めの時だけ、上原課長が案内して一緒に行ってくれたが、その次からは私一人で行かされた。

「終ってももう会社には戻らなくていいから、名古屋の街をゆっくり見ておいで」

と言って、朝早くの電車で出かけさせてくれた。ロードショウや展覧会の切符を用意してくれる事もあった。出張旅費も、映画を見て、ヤミ市で甘味のうすいお汁粉をたべるのには充分すぎる程、手渡された。

「でもネ、一人じゃ面白くも何ともない」

と私はまたしても一郎さんを思い出していた。名古屋までは知多半田から熱田まで電車で一時間、正午までには会社の用事はすませられる。あとの夕方までの自由時間を、やっと覚えた焼跡の元繁華街をぶらつくことは何にもましてうれしい事だった。課長の思いやりに感謝しつつ、久しぶりに青春が戻ったような、否、戦時中の灰色の青春に比べたら本当の意味の青春は今の現実のこんなものじゃなかろうかと思いながら、名古屋の街をぶらつく私だった。

「明日は山川君も名古屋に行くって言ってたよ」

出張の手続のあと上原さんがいやににやにやしながらこう言った。

「そう、何の用事だろう」

私には関係のない人、ない事、別に気にもならなかった。デートの相手などとは夢にも思っていない。

翌朝「知多半田」駅に行くと、まっ白なスーツの彼が例の調子のボンボン面をして立っていた。

「山川さん、どこに行くの?」

私は彼の出張先が県庁なのかGHQかを聞くつもりだった。

「どこに行くの? ってひどいなァ。君が迷子にならないようにサポートしてくれって、上原さんにたのまれたんだよ。君、知らなかったの?」

「失礼しちゃうよ。私、迷子になんかならないわよ。いつも一人で行ってるのに」

とプウッとふくれながらも、上原さんのニヤニヤの意味がわかって、ちょっぴり嬉しかった。

私と山川さんの初めてのデートだった。この日は出張の用事をすますと、出来たての百メートル道路を散歩して「ガス燈」のロードショウを見た。先日日本の映画のあと泣かれて怒られて困った彼の苦肉の策だったのかも知れない。そうした二人の姿を、たまたま休みを利用して名古屋に遊びに来ていた山川さんの職場の工員さんが見たとかで、翌日から二人の噂は工場内にパアッと広まって行った。背びれ、尾ひれが沢山ついて。

そして、それを裏付けするかの様なことが次々とおこった。

夏休みになり、美奈子の女学校も休みになった。戦時中そして敗戦後の混乱の中で女学生生活を送って来て、そのまま四年生に転入した妹は、英語と数学のおくれに苦労していたようだ。

「僕でよかったら、みてあげるよ」

山川さんは気軽に言ってくれて、日曜ごとに鴉根の山を訪ねて来てくれた。妹が平地の彼の社宅を訪ねて行く事もあった。ある日、彼は盆休みに帰省するから妹を実家に連れて行くと言い出した。聞いた所では、実家は洋酒の寿屋の関係で、家は浜寺だが、西宮、宝塚の別荘と共に進駐軍に接収され、両親と妹は、島根県の浜田にひきこもっているということだった。

「お姉さんも一緒にどう?」

お世辞に言ってもらっても、とんでもない、栃木に顔むけの出来ない事になってしまいそう。

「そんなお屋敷に、とんでもない事ですよ」

母はびっくりして反対したが、彼は別に何事もなかったように妹をつれて旅立ってしまった。妹もよろこんで彼について行った。

そして一週間の滞在から帰ると
「山川さんの家、とってもすごいのよ。ピアノも、電気冷蔵庫もあるの。ねえちゃん、山川さんのお嫁さんになったらいいよ。ものすごいブルジョア」

と言った。私はどきっとした。彼がむりやりだまって妹を連れて行った意図もようやくのみこめた。

無言のプロポーズだと思った。

その頃、会社の空地に畠を作る事が流行していた。文書の智ちゃんが自分の家から苗を持って来て、タイプの英ちゃん始めタイプの女の子たちと一緒に小さな芋畑を作った。私も退社後みんなの仲間に入れてもらった。

たべ盛りの年齢の食糧難、この芋が出来たら腹一杯ふかふかのふかしいもがたべられる、そんな日を夢見ながら、ワアワア、キャアキャア手入れするのもまた楽しかった。其所にも山川さんは
「手伝ってあげようか」

とワイシャツ姿で出て来た。

「しいちゃんがいるからでしょ、職場長のボンボンが、大丈夫?」

口の悪い秀ちゃんはズバズバ言って彼を苦笑させたが、広い額に汗をにじませている彼の姿にフラフラと寄って行って、ハンカチで汗をふいてやる事も平気で出来る私になっていた。結婚は別、好きで留まっていた。

智ちゃんも英ちゃんも共に中島飛行機の頃からこの工場に勤めており、当時大学を出たばかりで技術将校として派遣されて来たボンボンの彼とは古い知り合いだった。

「山川さんを好きな人、戦時中から沢山いたのよ。あの人、誰とでも仲良くなるから。誰が本当に好きなのか、恋人なのかわからないけど、資材部のヤッちゃんともこの間までよく一緒に映画に行ったりしていたらしいの。やっちゃんもすっかり、その気になってたらしいの。なにせ阪大出の若くてスマートな職場長でしょ。誰でもポーッとなるわよねぇ、だけど女の子の憧れの君も、誰もあの人の本心がつかめないのよ。しいちゃんは、どう思う？」

智ちゃんは最近の私たちの噂に、そっとさぐりを入れた様子だった。

賠償機械の事で機械工場の彼の事務所に行った時、

「これ、君に似合うと思って僕が作ったんだよ。黒い服にとても良いと思うよ」

と米軍に壊された飛行機の風防硝子を削って作った「十字架」をそっと首にかけてくれたりした。

その頃、母の黒の絽の着物をこわして作ったワンピースを着てた私にそれは本当にぴったりのアクセサリーだった。

また黒のベルトを買ったつもりが黒紫色だった時も、

「それをセピア色っていうんだよ。君らしい色、似合うよ」

とボソボソとささやく彼だった。私は彼の好意を感じていたし、戦死した一郎さんの苦境から逃げ出したいと、彼へ心が動きかけている事も事実だった。

「僕が死んだら誰と結婚してもいいんだよ」

と一郎さんは言っていたっけ。だけど山川さんとは身分が違いすぎる。引揚者の娘じゃねェ。満州でのくらしがたまらなく恋しかった。この頃会社では、木箱だとか丼とかの世帯道具をはじめ食料品の特配がよくあった。

そんなとき

「僕が自転車で持って行ってあげるよ」

と退社後、鴉根の山までかなりの道のりを気軽に持って来てくれて、母の手料理を「おふくろの味」とよろこんで共にしてくれた。

「いい所のおぼっちゃんに、こんなものをたべさせてネェ」

と母はジャガイモや南瓜の入っただんご汁に恐縮したが、彼は一向に気にしてなかったようだ。そして夕食後には鴉根の松林をよく散歩した。そんな時、

「山川さん、友愛と恋愛の違いは?」

と聞いた事があった。前の日の名古屋で二人で見た映画、ロシア映画の「石の花」の余韻もかなりあった。

「友愛は字の通り、お友達としての愛情、恋愛は好きな者同志の愛情、恋愛は沢山の人としてその中で一番自分にぴったりの人と結婚する。それでいいんじゃないの」

と言うのが二十六歳の坊ちゃんの答だった。

「恋愛は沢山の人として」

が私は気にいらなかった。恋する人はただ一人、恋にこがれて結婚したい、恋愛と結婚はたった一つの線上だと思いたかった。

「そうはいかないよ君、恋愛してた二人にだって事情があって別れもあるし、嫌いになる事もあるしね」

彼の考え方は正しいのかもわからない。クリスチャンの彼の博愛主義の答かもしれない。でも一郎さん戦死の直後の私には、無理に引裂かれた恋の名残りで淋しかった。この人に恋をして燃えても、一時的の火遊びにすぎずいつか忘れられて消えてしまう日も来る。恋は遊びじゃないんだ。こうした私の山川さんに対する気持はまわりの人々の臆測に反して、炎となりかけては立消えていった。

同居していた上野職場長が結婚して本町に家を構えて平地の社宅には山川さん一人だけになった気安さか

引揚げた年の秋。半田さんを迎えて。後列向かって左から妹・美奈子、半田さん、私。前列母、父。(昭和22年10月)

らか、彼はそのまま鵜根のわが部屋の六畳にゴロ寝で泊って朝、鵜根から出勤する日が多くなった。夏の終りの日曜日、会社の海浜大会が河和の海岸で開かれた。例年の行事らしく、みんな前の日から子供の様にはしゃいでいた。でも私はそんな気になれなかった。私は海浜大会に行かなかった。「淋しかった」、と一口に言ってしまえばそれだけの理由だった。一郎さんの戦死後、私のガタガタになった心は大きな男の腕の中の愛を求めていた。たまたま現れた山川譲二という青年技術者、工場内にパアッと広がったロマンの噂とともに、何故か私はぐんぐん彼にひかれていった。

彼もまたどこから見ても恋人かフィアンセのように私にふるまった。パアッと燃えたはずの私の情炎も彼の博愛主義の前には、プスプスと立消えしてしまったようである。それにもう一つ、「彼に近寄ったらいけないよ。好きになったらいけないよ。恋をしたら駄目よ」と私の心にささやく天の声を私は感じていた。

彼は山川家の次男ではあるが、お兄さんは大学在学中に山で遭難して亡くなったとか。現実には姉一人妹一人の中の一人息子だった。別荘を三戸も持っているブルジョア、引揚げの文なし娘との恋なんて、ナンセンスでしかないという自嘲が私を責めていた。

「戦争さえなかったら、敗けなかったら」。そう思うと私は淋しかった。「満州の女子学習院」とみんなが思っていた官立高女をクラストップで担任の先生に可愛がられて卒業をした。超ブルジョア、超エリート。大連ではそうした女学生生活に何も不自由しない暮しをさせて貰った。どんな地位のどんな学歴の人との結婚だって自分から身を引く様なひけ目は何もなかった。戦争に負けたばかりに……。

そうした寂しさは時どき、ひねくれた根性となって顔を出した。

焼けつく様なトタン屋根の寮に転がってぼんやり天井をながめて一日を暮した。夕方一号棟の事務所に山川さんから電話がかかって来た。

「どうして来なかったの?」

「行きたくなかったから」

「文書の白井さんがね。今日は奥さんどうしましたか?ってひやかすんだよ。僕弱ってしまった」

私は彼がどんな顔をして、こんな電話をかけているんだろうかと判断に苦しんだ。

彼の持論から言えば、多勢の恋愛中の一人にすぎないはずの私の事を他人から「奥さん」と言われて、弱ってしまったとはいえ何と返事したのだろうか。またそれをわざわざ事務所に呼び出して、私に伝える彼の心理、何もかもわからなくなった。頭がへんになりそうだった。それは私がちょっぴりでも彼に恋心を持っていたからかも知れない。

何にしても寂しくてたまらなかった。

気の早い秋の虫が、静かな山の草むらに鳴き始めていた。星空は夜ごとに深みを加えて行った。

あゝ勘違い

一、金木犀のかおり

鴉根稲荷《いなり》の木立ちにせみしぐれの降る様な暑い日が続き、寮の井戸が干上って崖の下の車井戸までバケツをさげた人の列が夜まで続くようになった。天の川が美しいと思った。

「もしかしたら一郎さん生きているかもしれない」

美しい夏の星座にこんな事も想った。

「農学校前」で名鉄電車をおりて、乙川駅前（国鉄）の会社まで歩いて三〇分はたっぷりかかった。いつも保健係の中村さんと一緒になった。彼女は台湾からの引揚げで、内地の冬を秋風とともにとても気にしていた。うねうねと曲った道が大通りに抜けようとする所に大きな家があり、高い垣根がめぐらされていた。

その垣根の中から何ともいえない甘い香りがただよう様になった。

「金木犀《キンモクセイ》だわ」

私たちはそこまで来ると立止まって、深呼吸をした。甘くそして頭の芯までくすぐるような匂い。

「これは初恋のかおりというよりもっともっと円熟した恋のかおりね」

とまさ子さんは言った。そして意味ありげに私の顔をのぞき込むのだった。

「あんまり強すぎて、わたし好きじゃないわ」

私も負けずに、意味ありげにやり返したつもりだったが、うかぶ山川さんの面影を禁じ得なかった。私の胸には彼の手作りのプレゼントのクルスがいつもさがっていた。

目ざとい周囲の目や口は、それを山川さんとの婚約のしるしだと言う様になった。

そんな噂を悲しく聞きながらも、私はそのクルスをはずす気にもなれなかった。もしかしたら、それが本当ならいいなあという淡い恋心が、まだ私の心の片すみに残っていたのかも知れない。おっとりタイプの彼は細い目でにやにやしているだけで、その噂を否定しようともしなかったから、すべて人様の想像のままに時は流れた。それに加えてまたまた誤解の上塗りをする様なことがあった。

日照りの夏が続いたせいか、夏に弱い私は秋になって急に疲れが出た。会社も続けて二、三日休んでしまった。心配した母は、会社の近くならと、平地の社宅の話を課長にたずねてみると会社に出かけて行った。

応接室で社長まで出て来て、課長と母と話しているのを見た総務のひのちゃんが、

「大崎さんのおかあさんが来て上原さんと話している。社長まで出て来て、きっと山川さんとの

結婚式の話よ」

とタイプの部屋に流したから、またまた尾ひれ、背びれがついて工場中に流れて行った。もう、どこの職場でも知らない人はなかった。

ちょうどその頃、山川さんと同居していた造船の上野さんが結婚して新居を本町に構えたので、次は山川職場長の番だと誰しも思ったらしい。阪大出の職場長と英語ペラペラの渉外の女の子ならお似合のカップルだと早合点をした人が多かったらしい。賠償機械とシートとの照合に各職場に出かける事も度々あったが、どこの職場にいっても職場長始めみんなニヤニヤして「おめでとう」を連発した。

木工職場では職場長の四位さんが、

「結婚式いつのなの?」

といきなり言って、私の弁解には耳を貸そうともしなかった。

「君がいくらしらばっくれたってだめだよ。山川君本人が君と結婚するって言ってるんだから。俺にまでうそを言ってかくすのは水くさいぞ!!」

と大声を出す四位さんは、軍隊の頃からの親友だったとか。私もだんだん本当の様な気さえして来た。その日は板金工場でも、職場長の横山さんが
「山川君もついに決心したらしいね。あいつ一人で独身で頑張っていたけど。これで半田工場も

チョンガーの職場長がいなくなるというわけだ。まずまずおめでとう。山川君は無口だけど、結婚したら家庭的ないいオヤジになると思うよ。あいつが何と言って君をくどいたか聞きたいなあ」

と一人決めをして私に多くを語らせなかった。

まだ新婚だと聞いていたが「三八」の事務所に来ると必ず渉外係に立寄っては、何かと話をしてゆく横山さんだった。

その頃会社の中では社交ダンスが流行していた。

「背の高さの差が10センチが一番踊りやすいんだって。下駄はいてたら駄目だよ」

と言ったのもその横山さんだった。

みんなから、「おめでとう」「おめでとう」と言われると、本当におめでたくなってしまいそうだった。そのまま機械職場に直行した私は、事務室に一人だけいた山川さんに、

「今、木工でも板金でもみんな「おめでとう」「おめでとう」って言われたのよ。何がおめでたいの？」

と食いつくように言った。

「おめでとうって言われて、おこる人がおかしいじゃないの。言いたい人には言わしておけばいいんじゃない？」

彼は相変らず間のびした様な調子でニヤニヤしていた。私は彼のいかにも坊ちゃん然としたのん

びりさがいつもカンにさわった。

「だって山川さんと私が結婚するって決めているのよ。それでもいいの?」

「ああ、いいよ」

「そんなに言われてどうもないの?」

「ないよ」

「横山さんが、山川の奴、何て言って彼女をくどいたか?ってよ」

「僕、別に何も言わないよ。ねえ」

もう知らん!! この人、正気なんだろうか。私はじっと彼を見つめた。顔の割に小さな目は柔和な笑をたたえているだけだった。そんな事のあった翌日から私は首からクルスのネックレスをはずして手文庫の底にしまい込んだ。このままこのクルスをつけていたら噂通りにずるずると彼を好きになってしまいそう、阪大卒、二十六歳、四つ違い、青年技術者、身長一メートル七五センチ、背は高い、中肉中背。彼が、ブルジョアの一人息子という以外、どこにも非の打ち所はない。噂通りになりたかった。

しかしどう考えても彼との現在の境遇の差は、私に幸せになれるという自信がなかった。

「つり合わないのは不縁の元っていうからね」

と母も言って賛成しなかった。しかしこうした私の考え方について彼は、

「自分はもともと家業がいやで工学部に進んだんだから、家に帰って酒屋の跡つぐ気は全くないんだ。家は妹にでも養子を迎えりゃ良いんさ。僕はサラリーマンが好きなのさ」

と言ったことがあった。しかし私はやっぱりその巨大な資産にこだわらずにはいられなかった。私は自分が年をとったなあと痛感した。脇見もせずに恋愛街道をつっ走ることが出来なくなった。成長した自分を悲しいとさえ思った。

そんな頃、渉外課にぶらりと顔を出した営業の木本さんが、

「山川君との結婚、おめでとう」

とポンと私の肩を叩いた。

「わたし、結婚なんかしないわ」

負け犬が白い歯をむく様に、私はむきになった。

「冗談言うなよ。ちゃんと山川君本人が言ったんだよ」

ロイド眼がねの中で木本さんがニヤリとして言う。

「いくら山川さん本人が言ったって、山川さん一人じゃあ結婚出来ないのよ。私は知らないよ。ぜったい山川さんとは結婚しないからね」

私には一度だってプロポーズもしたこともないくせに、半田

半田寮の母

工場の中のいたる所でそういうことを言う山川さんも頭疑うと憤然となった。

「こりゃ手きびしいな。そんなこと言ってもし結婚したら、どうしてくれるのよ」

「木本さんの望むもの、何でもあげる。十万円でも百万円でもいいよ」

かくして私と木本さんは一つのカケをした。私が負けて山川さんと結婚したら、ピース（煙草）百個を木本さんに贈る。もし木本さんが負けて山川さん以外の人と私が結婚した場合は、当時、富士産業自慢だった「電気天火一式」を祝いに私が貰うこと。二人は課長を証人に調印した。

「あっさりと、今のうちにやめたほうがいいんじゃないの」

と課長の上原さんはハラハラしていた。

「いいえ大丈夫、私負けませんから……」

私は自信をもって「負けません」に力を込めていた。

「しいちゃん。大丈夫？　ピース百個って五千円よ」

智ちゃんはじめタイプの子たちもみんな心配してくれた。当時千八百円ベースの頃のこと、五千円とは二ヵ月分の月給全部投げ出してもまだ足りない大金である。

「山川さんと結婚しなけりゃいいんでしょ。簡単よ」

私の自信たっぷりの口程には多少の不安もあったが、半ば山川さんに面あての気分が多分にあった。

「好きなら好きってはっきり言って、プロポーズするのが男でしょ。陰で思わせぶりを他人に言いふらして男らしくない。わたしそんなの大きらい!!」

私は彼のにえきらない消極性が、はがゆかった。

「山川さんってそういう人なのよ。あなたみたいな勇ましい人に、はっきり自分の気持をさらけ出せない所を汲んでやらにゃね」

と庶務課で受付けをしている安田未亡人にそう言われた。自信たっぷりにピース百個のカケをしたものの、私は悶々と悩むようになった。ピース百個の件を伝え聞いた山川さんが

「君、なんて馬鹿な事をしたの。どうする気なんだい」

といつになくきびしい顔で言って来てからなおさら悩んだ。

「戦争に負けさえしなかったら」

工場中の女の子の憧れの君だったという人が真剣に結婚しようと歩み寄ってくれたのに、意地を張って、何のかのとチャンスを追いかえそうとしている。現在の自分の心がみじめでたまらなく悲しかった。

二、佐賀の花嫁

「母だけだから、佐賀にも出かけて来ないか」

と江頭さんは言ってくれていた。もちろん遊びに旅行して来ないかのつもりだったろう。それをお嫁に来ないかと早合点した母は

「九州の様に遠い所、それにあんたに百姓仕事なんか出来るはずがない」

と猛反対だった。

ちょうどその頃、江頭さんからは干拓の仕事に見きりをつけて、国鉄の鳥栖機関区に一年生からやり直す気で就職したという知らせがあった。

「これで一歩近づけた」と私は思った。

「江頭さんもいいけど、あんたに畠仕事が出来るものですか」

母の気持が少しゆるんだと思った矢先、

「高久が戦死した今、意味のない事かも知れないけど、印かん等もらいに一度そちらに行きます」

という便りが来た。国鉄に就職して乗車証が貰えるようになった彼の初旅行だった。

昭和十九年一月、入営で別れてから三年目、複雑な気持で私は彼を待っていた。

十月四日の午後、庶務課の公衆電話に乙川の駅からの彼の声、私はすぐ帰り仕度をしてとび出していた。課長に何と言ってことわりを言ったのか、智ちゃんたちに何と言ったのか覚えていない。頭の中はかなり動揺していたのだろう。

工場の前にある池のむこうが乙川の駅、どうやって駅までたどり着いたかも覚えがない。白いブ

ラウスにピンクの手あみのチョッキを着ていた自分の姿だけ、何故か鮮明に思い出す。彼は昔とちっとも変っていなかった。

なぜかその日の彼の腰のあたりにあった汚れた軍隊用の皮の雑嚢《のう》のみが思い出に残っている。一郎さんだったらと思わなくもなかったが、ただただ懐かしく、めずらしく泣かなかった。鴉根の山では相変らずのだんご汁で、ごちそうもなかったが、父母はしきりと大連の話に花を咲かせて懐かしがっていた。

彼は戦友が香川県に帰ったのでこの際逢いに行くと、その夜の夜行で帰ると言っていた。一晩も泊らずに帰る彼を父母はとても残念がったが、幸か不幸か、十月四日の夜は四国地方から中国地方は台風通過で列車は運転しないとニュースが流れた。その割には東海地方は静かな夜で、澄んだ月夜は山の井戸端の本井戸の金具をきれいに浮出していた。何年たっても、江頭さんは無口だった。私が一人でしゃべるだけ、会社の事も、山川さんのタバコの事も何も話にならない。高久さんと一緒の大連でもいつも彼は停留所で待つ役だった。

一夜あけて、台風は日本海に抜けたと交通事情が回復したので彼も帰り仕度を始めた。だけど、まだ何も言わない。母はイライラし始めていた。

「あなたは、静枝をお嫁にもらいに来たのと違いますか？　そうならそうと、はっきり言いなさい。男らしく」

彼もその母の言葉にびっくりしたろうが私もびっくりした。遊びに来ませんかをお嫁に来ませんかと早合点、早とちりの母。口うるさいが優しい心根の母、あわて者で、思った事はすぐ実行に移す、私もそうした母にそっくりな所がある。血は争えないと思った。びっくりした彼も据え膳食わぬは何とやらと思ったそうで、トーンを高めて、

「下さい」

と一こと。

「帰る前に、それを早く言わなきゃあ」

九州は遠いの。病気がどうの文句を言ってた母のどうした心境の変化だろうか。母の心の奥底に一郎さんが在ったことは確かだろうとは私もうすうす思った。この人なら一郎さんの霊も文句ないだろうと、私もちょっぴり安堵した。ピース百箱ももう安心。

こんな母の勘違いで、一言のプロポーズの言葉もなしに、私の結婚相手は決った。

江頭の家は、父親は表具師だったが、彼が四歳の時に病死、その頃は教師の長男も若くで病死、長男の子が戸主になっていた。

次男通夫の叔母として私は入籍された。出生からずっと人並みはずれた私の戸籍は、結婚後もちょっとはずれていた。

二月十一日、私は佐賀に嫁いだ。

佐賀に嫁ぐと決って会社も十一ヵ月働いて退職した。一年未満では厚生年金も支給されない。何で……と年老いた今くやしい。

嫁ぐと決ってから山川さんは銀のフォークとナイフのセットを鴉根の山まで持って来てくれた。

「しあわせにね」

彼はいつもよりもっともっと口数少なく帰って行った。それが彼とのこの世での永久と別れとなった。私が嫁いで間もなく、山川さんが会社をやめて大阪に帰ったと智ちゃんが知らせて来た。

「何もかもつまらなくなったから」

と彼は言って去ったそうだ。そしてそれから一年後、ふとした病気が元で忽然として世を去

結婚した頃。後列向かって左から、江頭、大崎の父、妹・美奈子、前列、私、姑母、大崎の母

ったと、こんどは庶務のしのちゃんが知らせてくれた。腸の病気だというだけで詳しいことはわからない。伊勢湾台風で智ちゃん一家も流されて亡くなり、上原課長も病死した。あの頃の思い出の人はみないない。

営業の木本さんからは約束通り豪華なパン焼の天火が贈られて、私の嫁入道具の一つとなった。しかしそれも一年あまりで、約束燈の佐賀の田舎で、不正使用と没収されて今はない。すべてが終った。

金木犀《キンモクセイ》の花の頃になると、後味の悪い恋の思い出を私の心に残したままこの世を去った山川さんの事を思い出すようになってしまった。でもあの時、彼と結婚してたら、私は若後家、どんな生活があっただろうか。それとも彼も死ななかったかも。人生って不可思議だ。

山川さんには悪いことをしたと、今でも悔いに似た心境である。自転車とはいえ山の上の寮までの道のり大変だったろうに、いつも荷物を運んでくれた。それを平気でポイしてしまって、「ごめんネ、譲二さん」。

あとがき

「追はるるごとく」は石川啄木の「石をもて追はるるごとくふるさとを出でしかなしみ消ゆる時なし」からもらったものです。満州育ちの私はそんな感じで大連を出て来ました。大連は私のふるさとでした。小学校、女学校の思い出がいっぱいです。女学校二年生、鼓笛隊で笛を吹きながら「愛国行進曲」「紀元は二千六百年」の曲で旗行列の先頭を歩いた大連神社への道、アカシアの花のかおりが今でもかおって来るようです。

追われる様に船出して、一年足らずで佐賀平野のド田舎に嫁ぎました。ガスも水道もない百姓村でしたが、後悔はしていません。戦死した一郎さんがあれ程仲よくしていた江頭さんです。きっと喜んでくれていると確信してます。「死んでも君の所にかえる」と言ってくれた一郎さんです。六十年の結婚生活の中で助けられたと思う事が何度もありました。もう残り少なくなった私の人生ですが幸せいっぱいに終わると信じてます。

息子にいつも言ってます。「おかあさんの葬式のときは、母はとてもしあわせな一生だったと言ってましたと言ってネ」って。

そういう意味でこの一篇を読んでもらいたくて、夫の反対を説き伏せて出版します。

静枝

江頭静枝（えがしらしずえ）
1925年、愛知県半田市に生まれる。生後二カ月で母の姉の養女として渡満、撫順で育つ。
1932年　撫順永安小学校入学。義父の勤務の都合で、奉天春日小、大連日本橋小、大連聖徳小、再び大連日本橋小と、転校を繰り返す。
1937年　大連神明高女入学
1941年　満鉄鉄道技術研究所就職
1945年　敗戦のため退職
1947年　大連より佐世保に引揚げる
現在、福岡県筑紫郡那珂川町王塚台2-137。

著書
『プラトニック・ラブ――灰色の中の青春』創栄出版·星雲社発売 2006年
自分史学会優秀賞受賞

追はるるごとく

2007年6月15日　第1刷発行

著　者　江 頭 静 枝
発行人　深 田　 卓
装幀者　藤 原 邦 久
発　行　㈱インパクト出版会
東京都文京区本郷2-5-11 服部ビル
Tel03-3818-7576 Fax03-3818-8676
E-mail：impact@jca.apc.org
郵便振替　00110-9-83148

シナノ